大人のたしなみ

ちょっと気のきいた

下重暁子

青萠堂

はじめに

長い間、様々な場所に色々なことを書いてきた。今それを読み返して、その頃と考えること、感じることはほとんど変わっていない。——表現の仕方や方法論に少しづつ変化はあるにしても……。

そしてもう一つ言えるのは、遊び心である。私はいつもどこかで遊んでいる。原稿を書いていても、ちょっと目を放して窓の外をながめる。流れる雲や枝々をとび交う鳥たちを追って心を解放する。題名の「ちょっと気のきいた」とは、ちょっと遊び心のあるという意味なのだ。

遊びとは、ほんとうに好きなことだから、遊ぶときは真剣に遊ぶ。「仕事は楽しく、遊び（趣味）は真剣に」というのが私のモットーである。

「大人のたしなみ」とは、その人の身についた生きる姿勢である。

それを垣間見た時、相手が若い人なら、「おぬし、出来るナ」と思うし、年を重ねた人の場合には、「いい年をとりましたネ」といいたくなる。

私自身、折々に、こうありたい、こう遊びたいと自分の希望を書き連ねてきたが、さて、今になって「いい年をとりましたネ」と言えるかどうか。自分に問いかけてみている。

この本は、もう一度、自分の書いたことを反芻（はんすう）し、姿勢を正したいと思って出すことにした。

考えや感覚のもとは変わっていないにしても、年と共に少しは磨かれてきたであろうか。生き続ける限り私は、まだ、発展途上にあり、この先の私自身への期待を失ってはいない。

機会をいただいた青萠堂の尾嶋四朗さんに心からお礼申しあげる。

年のはじめに……

下重暁子

目次●ちょっと気のきいた大人のたしなみ

2章 すてきな大人に 55

4章 本物の自分づくり 127

社会人の心得るべきこと――9センス 143

5章

日本に生まれてよかった 百の美 161

カバーデザイン／U.G.SATO
本文デザイン／ジャパンスタイルデザイン
著者写真／藤谷勝志

1章

こころ遊ばせる時間

心遊ばせる時間を持とう

三陸海岸へ仕事に出かけた。例年になく早く雪の降った寒い日であった。講演をすませ、ようやく雪のあがった夜の海を見に行った。

海上に点々と異様なあかりがみえる。小さな灯りがそれを追うように港をはなれていく。いかをとる漁火であった。やがて入江に灯りの列が並び、海はこうこうとてらされる。灯りにつられていかは、群れるのだという。月も負けじとばかり雲間から顔を出して照らしはじめた。月夜は、いかのとれかたがよくないという。灯りが集中しないのでいかが集りにくいのだ。

そんな話をききながら冷い風に頬なぶらせていると、すべてが消えうせ、あるのは、今ここにいる私と月と海だけといった気になってくる。

耳をすますとあの日、大震災で海に流された人々の声がきこえる。海辺には今も死者たちの声がひしめいている。怖くはない。その人々の声に耳傾ける事だけが私に出来ることだ。

こうした時間を私は、旅先で持つ事が出来る。

どんないそがしさの中にあってもそうした時間を持ちたいと思う。ふと心遊べた瞬間に訪れる自分の時間であり、日常の中で切りとられた瞬間がこよなくいとおしい。

帰り道、案内をしてくれた土地の人達とすっかりうちとけることが出来た。役場につとめる女性ふたりと男性ふたりである。きけば身内を津波で亡くしているというが。

私たちはこだわりなく話をすることが出来た。別れぎわに、女性のひとりが、「南部牛追い唄を唄います」といって突然うたいだした。車の中にひびく切々とした声のひびき、思いがこもっていて、私は感激した。切りとられた大切な時間が一つ増えた。

酒を美味しく飲む作法

愛媛県の大州（おおず）は水の都である。肱川（ひじ）というおだやかな川が、山をめぐって優しく輪をえがき、町中を蛇行している。夏は鵜飼い見物の屋形船が浮かび、鵜舟を追って移動する。秋には〝いもたき〟といって河原で、とれたばかりの里いもに二、三の具をくわえて人々は鍋をかこむ。

私が訪れた時は、鵜飼いには早すぎる時期であったが、川をながめながら、川魚料理を楽しんだ。川に突き出た小さな座敷の縁先には、月見草が揺れている。

「お酒は、何にしましょう。このへんの地酒がありますが……」

そうきかれて、ふと思い出した。たしか「梅錦」というのは愛媛の酒だった。

酒好きの友達とどの酒がうまいかという話になり、幻の銘酒といわれる「越の寒梅」や私がいつもとりよせて愛飲している「立山」などの名をあげると、彼はこういう。

「いや古いなあ、「越の寒梅」や「立山」なんてのは、もはや古いのですョ。いまや酒通の間では、愛媛の「梅錦」なのを知らないとはねェ」

そういわれては内心おだやかではない。酒好きとしては、なんともくやしくてしかたない。友人の勝ち誇った顔。なにしろ「梅錦」なる酒を飲んだことがないから仕方ない。

「梅錦はありますか?」

その時のくやしさを思い浮べながら勢いこんできいてみた。

「あ、ちょうど注文したのが届いたところです」

なんという幸運、これで友人の鼻もあかせる。

やがて運ばれてきた「梅錦」。最初は熱カンで飲んでみた。ちょっと舌にのこる独得の味がある。個性の強い酒である。「比べて飲んでみて下さい」と出された地酒の「神南（かんなん）」の方がさり気ない味がする。

じゃ、次に冷やでのんでみましょうということになり、冷やで一杯のむと、これはなかなかいい。個性がちょっとくせにも思えたものが心地よく冷えて、うまい。

冷やでおいしい酒なのだ。酒にはカンをしてうまいのと、冷やの方がいいのとがある。「越の寒梅」や「立山」はカンをした方がうまい酒だ。

酒というのは好みもさることながら、どこでどんな状態で飲んだかによっても、味が微妙に違う。

地酒はその土地で飲むのが一番うまく、東京へ持ってきたのでは味が落ちる。ワインだって同じこと、世界各地に地のワインがあり、インドだろうとエジプトだろうと、地のワインがその土地にはぴったりして結構いけるのだ。

何が一番うまい酒かなんてことは一概にはきめられない。

こちらの受け入れ態勢によっても違ってくる。健康な時は酒がうまい。酒のうまい時は健康なのだと、バロメーターにもなる。

酒のうまい時は思う存分のみ、あまりうまく感じない時はほどほどにする。かつて酒豪番付にのっていた私も年を重ねて量が減った。

先日来風邪をひき、九度近い熱を出してのどをやられた。もうそろそろよかろうと、久しぶりに酒を飲んでみたが、水のように素直なはずの「立山」がのどを通らない。ヒリヒリ灼けつくようで、すぐに盃を置いてしまった。それではと、ビールを含むとこれ又苦い。

酒がうまいということは、何と幸せなことであろうかと改めて感じている。

旅人の静かなる極意

冬、旅をするのが好きだ。なぜなら、その土地がその土地らしい匂いをとりもどすから。そこに住む人々の生活がもどってくるからだ。

春から夏、そして秋、人々は浮足立っている。特に観光地では、外からの客を迎えて、ニコニコ笑顔をふりまく。全てが外に向いた、観光客に合せた顔になり、自らの生活を忘れてしまう。

そんなところを旅してもおもしろくもおかしくもない。人知れず、その土地にそっと足を踏み入れ、生活を垣間見、人の匂いを嗅いで立去りたいと思う身には、冬が一番ふさわしい。

先日、秋田県の角館を訪ずれた。正月になって降り積んだ雪が軒をうずめ、つららが垂直に地を刺していた。しだれ桜と板塀の奥の武家屋敷も、扉を閉ざし、冬の間は開放していない。そのかわり、古い屋敷に住む人々の暮しが感じられる。裏の軒につるされた〝がっこ〟（大根）、何気なくほうり出された雪かきのシャベル。

〝がっこ〟の漬物は秋田の冬の風物詩。柿と一緒に漬けたもの、いろりでいぶして作ったといういぶり漬……。とんぶり（箒の実）と一緒に〝がっこ〟の漬物を味わっていると、窓の外で〝バサッ〟と大きな鳥が落ちるような音がした。雪あかりに、今落ちてきたばかりの屋根の雪が盛り上ってみえた。

一度途だえた白岩焼を、若夫婦が復活させた窯を訪ずれた時も、〝がっこ〟の漬物がお茶受けに出た。帰りぎわ、「うちのおばあさんが焼いたおやきです」と手渡された暖い包み。自家製のあんの入ったおいしい焼もちであった。

冬は、こちらから求めずとも、暖かいもてなしに出会う。

さらに足をのばして田沢湖へ。夏に一度訪ずれたことがあるが正直いってがっかりした。長子姫の伝説のある神秘の湖といった面影はまるでなく、開けきった観光地であった。

ところが、今度冬に訪ずれて驚いた。人一人出会わず、車一台すれちがわない。白一色の中の鉛色の湖は、黙って囲りの山々を映していた。水鳥が二、三羽、魚も住まぬという湖は無気味に静まっていた。雪道を車で半周すると、人も通らぬ、湖の岸に小さな村落があり、煙が立ちのぼっていた。ここにも人の暮しがひっそりとある。

すっかり嬉しくなってしまった。これでもかこれでもかと売りつけられる旅はもう沢山だ。人知れずくり返えされている、その土地のくらし、なつかしい匂いを邪魔せぬように嗅いで立去りたい。

旅は、見知らぬ土地の風物を垣間見て、心の奥に大切にしまいこむことだった。旅人は、旅先の土地を出来るだけ邪魔せぬよう、ひっそりと通り過ぎるものだった。

今はどうだろう。大手を振って、来てやったという顔をしている。中には金を使ってやったといわんばかり威張りちらす人達さえいる。

いつの間に旅人は謙虚さを失ってしまったのだろう、旅人の方が偉いかのごとき錯覚に陥ってしまったのだろう。

旅が商売として売りに出され、それに乗る客が増え、受け入れ側も、もみ手をして客をむかえる。旅は堕落しきってしまった。旅人も奢りたかぶり、旅に行ってやるとどこかで考えている。出かけた先に自分の日常を持込んで、その土地のくらしを知ろうとしない。受入れ側も客に合せる事しか考えない。

芭蕉を始め、かつての旅人は、旅に自分の命を賭けていた。立寄る先々で、その土地を知り、人々と語り、ひっそりと立去った。

旅とは、その土地に一時わが身を置かせてもらうことである。謙虚に、ひっそりと、邪魔せぬように、その土地のくらしや匂いを嗅いで歩きたい。

旅に出るとなぜか健康になる

旅に出ると健康になる。東京にいると頭の痛い日も気のめいる日もあるのだけれど、めっぽう調子がいい。空気のせいだろうと思っていたが、どうやら規則正しく食事をし、時間の許すかぎり歩きまわっているせいだと気がついた。

朝は八時には起き、十時近くに迎えがくるまで近くをふらふらする。昼、夜きちんと食事をし、十二時には就寝する。列車や飛行機で移動する時間も多いのだが、そんな中でも駅弁を食べ、あきずに外をながめる。

先日も、彦根に出かけたが、仕事のすんだ翌朝、彦根城の石段をのぼり、静まった濠をめぐり、十時過ぎの新幹線にのり、広島県の福山までゆく。福山の友人と共に尾道へ足をのばし、雨に煙る千光寺から文学のこみちを下り、尾道ずい道をながめる。そして夜、鞆（とも）の浦で仕事をし、翌朝また八時に起きて、鞆の浦に残る古い屋並を見て新幹線で大阪へ……というぐあい。

車には出来るだけのらず、朝食後は散歩を楽しみ、空き時間には近くを見て歩くのだから健康この上ない。おまけに知らない土地へ着いただけで、目はぎらぎら、鼻はくんくん、好奇心のかたまりになる。どんな小路であろうと、興味津々で楽しいことこの上ない。好きなことをしているのだから疲れもしらず、体を使うからお腹もすく。

外国に出かけると輪をかけて元気になる。空気が乾燥していることもあるが、朝六時出発、片道車で四時間という強行軍にもへこたれず、食欲はあり、目は輝き、すっかり若がえる。

外国から帰ると「元気そうね」と誰かれなくいわれるのだが、一週間もたたないうちに萎（しお）れてくる。

萎れた花に水をやるように、旅に出るとまた生きかえり、東京にもどったとたん、朝は遅く、夜も遅く、食欲も減退する。

　だからといって年を重ねて旅ばかり続けていては、くたびれてくる。一年に二回位の海外の旅、一月に四、五回程度の国内の旅、仕事がらみであるけれど、生活にめりはりをつける。東京を後にすることが私の健康を保つヒケツでもある。

　旅から帰ると、ぐったりとして、寝呆ける。気持の張りとゆるみを旅先と東京とで交互にうまくコントロールしているらしい。

寄り道の小さな楽しみ、小さな感動

　旅が好きだ。といってもほとんどが仕事である。このごろは、日本国中便利になって、その気になれば日帰りが可能になった。二時間ほど、旅先で集まった人々を前に話をしただけで、あとはずっと乗物の中ということになりかねない。

　夜の仕事でもなければ、泊るということも少くなってよけい体が疲れる。飛行機で一時間とか一時間半とかいうけれど、実際にはかかった時間の疲労の蓄積ではなくて、距離に比例するのだと誰かが話していた。

乗物と会場を往復しているのでは、気分的にも疲れるので、私は必ず一つ楽しみをみつけてくる。

飛行機まで一時間ある。さて何をしようか。前もって行き先の資料をながめておく。へぇー、こんな所にこんな焼物がある。織物がある。時間があったら寄ってみよう。土地の人に、どの位時間がかかるかを確かめたら、飛行機の時間までちょっと寄り道をする。限られた時間で行ける範囲の選択をせまられ、行きたかった所にいけず、泣く泣く計画を変更することもある。

北海道の新得町を訪ずれた時の事、秘境と呼ばれた然別湖に、簡単に四十分ほどで行けると聞いてぜひにと思ったが、どうしても無理。

口惜しい思いをかみしめていると、町の人が、かわりに新得の町を案内するという。あまり期待していなかったが、農業試験場の広大な大地を走り、放牧されている牛や豚のお腹にふたのある数頭を発見した。食べたものがどの位こなれたかを見るためのものだそうだが、感心した。残酷にも思えるが牛達は別に気にとめる風もなく元気に草を食(は)んでいた。

帰り道、日本で唯一つといわれる耳の不自由な人のための老人ホームを見学する。案内役の園長さんも耳が不自由で、私の口を見て、言葉を読む。

どの部屋も明るい陽光が射し、色彩が鮮かだ。みな耳が不自由なので、目で色で判断するために、出来るだけ楽しく色を豊富にしているのだと聞いた。入口の玉つき台では七十代の男性二人が熱戦中で、まわりの観客たちも興じていたがその手をとめて、私を見送ってくれた。

約一時間、然別湖へ行くよりももっと有意義に時を過すことが出来、私はすっかり嬉しくなった。

自分に与えられた時間の中で、自分なりに楽しみを見つける……。いやいやではなく楽しんですること。

仕事だって楽しんだ方が自分がトクをする。楽しんでいれば、目も輝いてくる。

遠くに出かけるにしても、ただ仕事で話をするだけでなく、自分の時間を楽しみ切る。許された中で、行ける所へ行ってみる。新しい発見があり、感動がある。

旅とは、「まあ」とか「へえー」とか「あら」とかの感動があったかどうかだと思っているから、仕事で出かけても、「まあ」「へえー」「あら」を一つみつけてくる。それが楽しくて幸せで、強行軍であっても旅に出る。出かけるのが苦にならない。

新得町で見つけた事のもう一つは、そばの産地であること。そばはやせた土地に育つといわれるが、ここで出来たそば粉は長野県にもいっていると聞かされた。

　次の週、長野の塩尻へ行く機会があった。駅前の「遺跡そば」というそば屋で新そばを食べた。そばは秋に収穫され、新そばが味も香りも一番だと納得する。

　出されたお茶がまろやかで、かすかに香るものがあるのできいてみると、新そばの実を煎（い）って作った、「そばの実茶」だと知った。

　その一杯のなんと心暖まる優しさだったことか。

　昼食におそばを食べただけだったが、そこでも小さな発見、小さな感動があった。

　決った道を決められた通り歩いているのでは何も感じない。楽しみも見つからずマンネリになるだけだ。

　私は時間のある時は、駅までの行き帰り、買物の行き帰りも違う道を通る。同じ道だからわかっていると思って何も感動しないし見つからない。違う道だと新しい家や花を見つけたりする。

　環境が変ることや仕事が変ることではなくて、自分を変えてみること。どんな場にあっても小さな感動小さな楽しみを見つけて生きていたい。

おしゃれには人柄がにじみ出る――16センス

夏、冬の衣がえでセンスを磨く

夏、冬の洋服の入れかえや部屋の模様がえをして、すっかり肩を凝らしてしまった。その気になると徹底的にやらないと気のすまないたちなので……。

父の浴衣でつくった古いワンピースが出てきた。細かい茶の十字のかすりの入った麻で、自然な風合いが大好きで、学生時代、好んで着ていた。衣料が今ほど出まわってなかったせいもあるが、夏になると、わざわざ浴衣地を買ってきて洋服をつくったものだ。白地に波の模様、藍の地に鳥の飛んでいるもの、人の着ていない洋服が出来て、廃物利用とは思われなかった。

あのころの真似をしてみようかナと思う。きもの地で洋服をつくるのは当り前になったが、気軽に作るには、夏の木綿や麻こそ絶好の素材だ。

ロングドレスを浴衣地でつくったらきっとしゃれているのに違いない。母の古くなった浴衣、藍地にキキョウの花がとんでいるのはどうだろう。まだ藍は、あせてはいないし、白地にひし形の幾何学もようを描いた私の学生時代の浴衣も使える。あれこれとタンスの中に思いをはせる。

応用がきくのは、単色のすっきりした柄だ。藍や、麻の自然色はなんといっても美しい。

知り合いの外人のお宅では、浴衣地の藍と白の大胆な柄を生かしたカーテンがかけられていて、新鮮で目がさめる思いがしたものだ。浴衣として着るもよし、日本古来の味を生活の中に生かしたいものだ。

旅が憂うつになるかどうかは鞄しだい

新婚旅行だからというので、新調のドレスで高い靴を履いてという人は少なくなった。肩のはるスーツや背広のかわりにセーターとジーンズなど、着やすさが第一に考えられているのがよくわかる。

ラフで着やすい中にどこか一色同じ色を使って、ペアでそろえてみたり、旅行着のおしゃれも身についてきた感じがする。新婚旅行につきものだった帽子も少なくなり、スカーフでおしゃれを楽しむ人が多いようだ。

靴も、かかとの高いものだけでなく、歩きやすいものを別に持っていて履きかえる。服装も靴も機能的に、着る人、履く人の立場で考えている。

ただひとつ具合の悪いものは鞄である。ハンドバッグのほかに衣類などの手まわり品を入れたバッグだけが、型通りの人が多い。

服装はラフなのに、持っているスーツケースはピカピカの新品。キャリーバッグにいかにも重そうな代物。折角の着やすい服装も台なしだ。車での新婚旅行なら少し荷物が重くてもいいけれど、列車の場合には少なくして、簡単にしたい。旅が憂うつになるか楽しくなるかは、荷物の多い少ないによるといってもいい。

脚(あし)が細くなるおしゃれもある⁉

「ミニをはくと脚が太くなるんだゾ、知ってるか?」

「アラ、ヤダ、どうして?」

「冬場、ミニでは寒いだろ。ナントカ寒さをカバーしなきゃならんから、からだの栄養分で補うんだ。自然に脂肪を脚に固まらせて防備するんだナ。」

「ヘェー、ほんと」

昼休みの喫茶店での会話。

なるほど、これだけ聞いていると、一理ある。だが、こういう意見もあるのをごぞんじだろうか。

「パンツや丈の長い洋服ばかりだと、脚が太くなるのよ。ミニだと歩き方、脚の組み方、常に脚に神経を使うから、脚が緊張して細く締まってくる。パンツなどだと、脚が見えないし、多少お行儀が悪くても平気だから、緊張感がなくなるし、太くなるというわけ」

ファッションモデルの草分け、パリのカルダンのモデルだった松本弘子さんに聞いたことばである。

長年の経験から出たことばだから、なるほどと納得させられる。

どちらがホントだかは別として、パンツばかりはいていると、脚を出すのがおっくうで、はずかしくなる。

緊張がゆるんだ証拠かもしれない。たまには、ピリッと寒風に脚をさらすのもいい刺激になる。

パンツルックもすっかり定着し、さいきんでは、スカートの方が、新鮮にさえ感じられるようになった。

文庫本はアクセサリー?

秋は、読書のシーズン。一番たくさん本が出版され、よく売れる。ちょっと気のきいた人たちなら、喫茶店じゃなく、本屋さんで待ち合わせをする。

本屋さんの文庫本には鮮やかな色表紙がついている。今までの機能一点ばり、経済概念に支えられただけのような表紙に比べると、色とりどりで楽しい。若い人たちも気軽に手にとる。女性の文庫本愛用者が増えたそうだ。

女性週刊誌、大型のファッション雑誌……そして文庫本。女性の手にするものも変わった。文庫本のファッション化といわれようが、本を手に持つ機会がふえれば、ひとりぼっちの電車の中や、ひまなとき、開いてみるだろう。それだっていい。

私も、学生時代、革表紙にしたり、和紙で本のカバーをしたり、その日の洋服との調和を考えたものだ。読めもしないラテン語の原書を抱えてみたり、持ち方ひとつだってブックバンドで肩にかけたり、両手で抱え持ったり。

キザだといわれたって、本はアクセサリーじゃないといわれたって、気にすることはない。本になじむことがまず必要だ。

電車の隅に腰かけて、窓からさしこむ秋の日ざしに首すじをさらして、文庫本を読んでいる女性の姿は好感が持てる。ほとんどの人達がスマホをいじっている中で……。

手袋は実用的でない方がいい

ザックリと毛糸で編んだ手袋、しなやかな鹿皮の貴婦人のような手袋……、公園のベンチに忘れられた手袋にはロマンの香りがある。この手袋を手にしていたのは、どんなひとかしらと想像する。

最近、あまり手袋を使わなくなったような気がする。とくに防寒用は、なくてすんでしまうこともある。暖房が行きとどいたせいか、都会の空気が暖かくなったのか、オーバーのポケットに手をつっこんで、ひと冬過ごすひともいる。

手袋をはめたり、とったりしながら、駅で人待ち顔の女性、礼装の際の長い手袋の上品なお色気、アクセサリーとして手袋は実にさまざまな表情を持っているのだが……。

手袋はさり気なく使ってこそ、イキなのだが、最近、いかにも「手袋をしています」という使い方をしているのが残念だ。

運転をする際の手袋、ゴルフをする際の手袋……、もちろん実用性をかねたものなのだろうが、手袋だけが目立つひとが多い。手袋を感じさせないほどピタッと身についたひとには、めったにお目にかからない。選挙の際の候補者の手袋など、なんともいただけない。目立たせるためのアクセサリーなのだろうが、肩からかけた名前入りのタスキ同様にヤボである。選挙の際の服装をアドバイスする職業があっていいとさえ思う。

手袋をつかわぬひとがいるのは、意外にこんな所にも原因があるような気がする。

女っぽさを消したところに色気がある

ベルベットのついた小さな上衿、キリッとしぼったウエストの上衣、皮のムチを持って、乗馬ズボンにひざまでの長靴。

馬に乗らないまでも、乗馬服は女性のあこがれ。私なども小さいとき、乗馬服に身を包んだ美少女の絵などを見て、胸をときめかせたものだった。

乗馬服の魅力は女っぽさを消したところにある。女っぽさ、女らしさを強調する服装の多い中で、乗馬服は無駄なく、キリッとして男性的。女らしさを拒絶した中に、匂い立つ肉体の息づきがほのかに感じられて、かえって色っぽい。

女性たちも、それを知っているからこそ乗馬服が好きだ。美しく見せることを知っているからこそ着たがる。

乗馬をしないまでも、乗馬服のイメージは、服装の中にずいぶんとり入れられている。例えば、英国調のスーツ。千鳥格子、ハウンドチェックなどのオーソドックスな柄、そして茶やベージュを基調とした渋い色づかいが魅力的だ。いつまでも飽きのこない柄を、いつでも新鮮な感じを失わないで着こなしたい。

乗馬服へのあこがれを秘めて、無駄な飾りを取り除いて男っぽく着こなしたい。直線的に、自分の曲線を消すつもりで。

私もこの秋は最もあたりまえの、最も小粋なスーツに同系色の小さなビロードの衿をあしらって、背をシャンと伸ばして街を歩くつもりだ。

ろうそくの灯り(あか)が美人に見せる

石油不足だ、物価高騰だと、家で客を呼んでパーティーをしようと思っても、電気を派手に使うのは、はばかられる。こんなときこそ、ろうそくのほのかな灯りを楽しんではどうだろう。

昔デザイナーの森英恵さんに、うかがった話だが、日本人は照明について無関心すぎるという。裾までの洋服でドレス・アップしても、その美しさを照明で殺してしまっていることが、じつに多い。無神経な灯りの下では顔色も青ざめるしお料理の色もさえない。お互いにちっとも美しさを盛り立てる工夫がないから、平面的にしか見えない。もっと自分を美しく見せる灯りを工夫することが、パーティーを楽しくするコツだということであった。

ろうそくをもっと利用したほうが楽しい。人の動きにも微妙に揺れ、ほのかなかげりを作り出してくれる灯り。暗いほうが気分も落ち着くし、表情を美しく見せてくれる。

このごろは実にさまざまなろうそくが出ている。四角いの、三角のもの、赤いもの、緑のもの、見ているだけで楽しい。

童話作家の立原えりかさんは、ろうそくを集めていて、旅行のたびに珍しいものを見つけて買うそうだ。素朴な高山の赤いろうそく、細かい線で描かれた絵ろうそく、日本のもの、外国のもの、自分で、ろうを溶かして独創的なものを作ってもいい。

電力節約の折からろうそくの灯りで、今年の年越しを楽しんでみてはどうだろう。夢のあるお正月になりはしないだろうか。3・11以後の電力の節減のためにも原発廃止のためにも。

夏こそ黒が美しい

夏になると白が増える。街を行く姿も、白か、うす色がぐんと優勢だ。濃い色は影がうすくなる。夏に比較的多い濃い色といえば、紺だ。紺と白との組み合わせが圧倒的に多い。

黒はどこへ行ってしまったのだろう。私の大好きな黒は。

私は黒が好きだ。とりわけ、夏の黒は素敵だと思っている。私は夏になると、黒が着たくなる。他の色と組み合わせるのではなく、黒そのものが着たくなる。

シンプルな原型に近いワンピースに、黒のエナメルの靴、半袖や袖なしからのぞいた腕が白く浮き出して黒をひきたてる。若いセンスの良い女性の黒は、細いうなじと、のびきった長い脚とがよくマッチして美しい。

夏こそ黒を着よう。冬の黒は重く、身をくるんでしまうが、夏の黒はあでやかだ。黒を通して肌の息づくさまが伝わってくる。夏の黒は美しい。

私の友人のデザイナーが、この夏は、黒を基調にしようと思うけど……と言って相談にきた。「夏の黒は素敵よ」。私は即座に答えた。

黒につかれた人は多い。女優で随筆家の高峰秀子さん。さまざまな色を着たあげく黒に到達したといわれる。ロミ山田さんも、黒が好き。黒と白だけの自分の店を開いた。真昼の太陽の下の黒は強烈な個を感じさせ、宵闇がせまれば、何かが起こりそうな期待に優しくそよぐ。夏の黒は美しい。

流行は繰り返す、タイトスカートはその証し

茶の美しいシーズンがやってきた。秋の色はなんといっても茶と朽葉色。秋の色の並んだなかで、タイトスカートが目にとまった。タイトスカート。なつかしい。4、5年前までは、ひとつのファッションの原型に必ず入っていたものだけれど、復活した。

タイトスカートがすたれたのは歩きにくいということに原因があった。歩幅が決まってしまうので大またに歩けない。おつとめの行き帰り、階段を走り降りるのも危ない。ところがタイトスカートの復活。あの直線的な美しさが再認識されたからだろう。オーソドックスなスーツ衿には、タイトのキリッとした線がふさわしい。イギリス調のクラシカルなスタイルの復活とあいまって、タイトスカートも息を吹きかえした。

でも、パンツルックや幅のあるスカートに慣れた人たちがタイトスカートで上手に歩けるだろうか。ヨチヨチしてころがってしまわないか。流行のあの高いシューズなんか、不安でならない。タイトの復活にならったわけではないだろうけど、靴も昔のような丸いカットの飾りのないものが出てきた。

裾の長い服はかえってスポーティー

裾の長い洋服はドレッシーだなんて一体誰がきめたのだろう。

裾の長い洋服こそスポーティーだと最近私は思うようになった。

その証拠に、アラブの人々が着ている裾までの服ガラベーヤは、頭からかぶるだけで、シャツの長いようなものだから、着ていて最も楽だ。ズボンだの、ミニスカートだのというと、どこかをしめつけなければ落ちてくるわけで、きゅうくつな部分が出来る。それにくらべて裾の長い服は、布の中で自由に足や、体全体を遊ばせることが出来る。最も動きやすい服を、スポーティーな服といってもいい気がする。

裾の長い服がドレッシーだと錯覚させられたのは、中世の貴族たちの針金を入れてふくらませた舞踏会用のイメージがどこかにあるからだ。

かぐわしい空気の中で衣ずれの音を楽しむロマンチックな集いの裾の長い服はドレッシーだが、もっと毎日の暮らしの中に裾の長い服をとり入れてはどうだろう。暖かいウールの裾までの服、さわやかな木綿の裾までの服、気軽にスポーティーに着こなしたい。

裾の長い服を何気なく、普段着としてうまく着こなしていたのが、句友の岸田今日子さんだった。グレーの別珍のスカートに白のセーター。同じ布で長い髪をさり気なく結んだり。ベージュのウール地にユニコーン（一角獣）のもようのある見ていて楽しい裾までの服であるとか。

キザな男礼賛

キザな男が好きだ。キザ、すなわち、イキがっているという意味だ。イキがってる男は、生きがいい。イキがってない男は死んだも同然。イキがってる男はかわいい。イキがってない男はつまらない。

男だって、かわいげがなければいけない。男にこそ、かわいげは必要だ。かわいげ派、稚気でもあり、人間らしさや個性にも通じる。

身につけるもの、持ち物、どこかーヵ所、凝っている場所が男性にはあるものだ。それを見つけるのがこよなく楽しい。

例えばジャラジャラと長い鎖のついた懐中時計をたぐり出すとか、だれも持っていない古い万年筆や決まった銘柄の鉛筆しか持たないとか。背広の裏地に紅を使って、風にサイドベンツがあおられるとき、ポケットに手をつっこむとき、チラリと見えるとか、ノーベルトがはやっているときに、派手なベルトでいきがってみせるとか。

そういう所を発見すると、女性はやたらうれしくなる。急にその男性に親しみがわき、いとしさが増す。そのキザやイキのためなら何でもしてあげたくなる。

ある会で、会ったふたりの男性は、ネス湖の怪獣を描いたTシャツと赤い小さなバイク。実にイキだった。男性はキザでなきゃいけない。イキがってなければいけない。

洗いざらしの木綿は一級品の美

バリ島が観光のメッカになって久しいが、私は初めて訪れた時の印象が強く二度と出かけない。四十年前のことである。

インドネシアの端につながるバリ島は淡路島ぐらいのかわいい島。行けども行けども遠浅の海で、腰より深くならない。

島の人たちはさまざまな良い神さま、悪い神さま、あひるや猿と仲よく暮らしている。女性は頭に果物やお米など、なんでものせて道を歩いている。若い女性は胸をかくしているが、お年寄りは上半身裸だ。オッパイをさんさんと輝く太陽にさらして、健康で自然だ。布を持っていて、カメラを向けるとあわててかくす。大統領から胸をかくすよう指令が出されたからなのだそうだが、つまらないことを考えたものだと思う。あの明るい太陽の下では、そんな細かいことはどうでもいい。堂々と胸を見せた方がむしろ美しいのに。

腰に巻いたバティックの美しさ。バティックとはジャワ更紗のことだが、1着分ずつ手染めされた木綿の素晴らしい柄と手ざわり。日本でも夏になると、バティック全盛だが、バティックはやはり紺や茶を生かした昔からの柄が美しい。さまざまな派手な色より、現地の人が手で染め、腰に巻いている単純な柄が美しい。バリの人たちは、バティックはふだん2枚だけ。1枚はお祭り用、もう1枚のふだん着は川で毎日のように洗たくする。色あせても木綿は丈夫で、日にさらされてそれなりに美しい。

使いこなした木綿の肌ざわりを私たちは忘れてしまった。夏こそ洗いざらしの木綿を、常夏の国のバティックを楽しみたいものだ。

旅はきゅうくつではいけない

先日、木曽路を旅した。

藤村にゆかりの馬籠（まごめ）、そして妻籠（つまご）の宿は、日曜のせいもあって若い人で満員だ。ザックを肩に、赤や白の幅広い帽子で強い日を避け、女の子たちは、古い民家をのぞいてゆく。みんな軽装で気持がいい。旅する服装が身についている。

だが、この服装で、どこへ行ってもいいわけではない。かつて旅館は一流になればなるほど、客を服装で見分けたという。ジーパンにサンダルばきでは、じろっと一べつされて、部屋があいていても断わられる事がないではなかった。

こんな不合理な事があるだろうか。旅はできるだけ持ち物を少なくしてもっとも楽な格好をしていくに限るのだ。私の母などは、私がラフな格好で旅行に出かけようとすると、「もっとちゃんとした格好して行きなさい」というが、冗談じゃない。ちゃんとした格好など仕事の時でたくさんだ。昔から旅館では足許を見るといって、旅に出る人は、なれぬ帽子をかぶり、ハイヒールで一張羅を着ていったという。こんなきゅうくつな旅はしない方がましだ。

だが、今でも、地方へ行くほど服装で人を計る風習は厳として存在する。

亡くなった評論家の上坂冬子さんは、講演に出かける時、大宮をすぎると帽子をかぶったという。何とも皮肉なお話ではなかろうか。

男の和服の魅力は二通り

男性の着物姿には二通りある。東映の、高倉健さんや鶴田浩二さんの向こうを張ってヤクザっぽくなるタイプと、明治時代の書生っぽのようにかわいくなるタイプがある。

どちらもそれぞれ良い。ヤクザっぽく帯を下めにしめたのなんか、ふるいつきたいぐらい良いし、紺がすりを短めに着て、テレたように笑っている書生っぽには、何か議論のひとつもしたくなる。

長髪も、洋服よりも着物の方が似合う。長髪の着流しは浪人風、流れ者風で虚無的なふんいきをかもしだす。日本男性には洋服より、着物が似合うのだ。

作家の早乙女貢氏は、いつも着流しに下駄、壮士風ないでたちが実にイキだった。ザンバラ髪も、ぴったりムードに合っている。梶山季之氏が白地の細いかすり地に長身を包んでバーで飲んでいる姿をかいま見た事があるが、男の色気が感じられて、ひきつけられた。

着物は男性に大いに着てもらいたい。結婚式とか特別の会合の折などではなくて日常生活の中で着なれてほしい。女のように帯がきゅうくつなわけでもないし、洋服よりかえって楽だ。家へ帰ったら着物でくつろぐ。夏も冬も、男らしい魅力を発揮できる。つれあいは帰ったら着物に着がえることが多い。最初はめんどうがったが、最近は着なれてラクだという。

男性の喜ぶ贈り物

男性はどんな贈り物を喜ぶか。一流企業の男性一〇〇人を集めてうかがったところ、1位は、やはり手づくりのもの、2位はお酒であった。

愛する女性の心のこもった手づくりのものはうれしい。女性もそう信じて疑わない。実は、もっとも難しいのもこの手づくりなのだ。だれでもかれでも手づくりなら喜ぶ、手づくりなら心がこもっている、と考えるのは大まちがいである。

かつてデザイナーの中村乃武夫さんはこういった。

「一番困るのが手づくりだな。心がこもっているかどうか知らないが、趣味に合わぬものは置く場所に困り、捨てるに捨てられず……。自分が一生懸命つくったものが、必ずしも心のこもったものとはいえないんだが」

手づくりのもので、ドンピシャリと相手の趣味にあった場合は、これほど効果的なものはないが、相手を当惑させたり、好意の押し売りになる場合もある。贈り物は、さり気なくするのでなければいや味になる。

若い男性のハートをとらえるには、何でもかでも手づくりでは、かえって個性のない、効果のない贈り物になる。

「日本」というブランド

スイスの学校に娘を預けている友人から、こんな話を聞いた。

「今の若い人には、私たちみたいな欧米へのコンプレックスは、かけらもないのネ。日本がいちばんだと、誇りをもって、信じている」

その理由は、新しきものの最先端は、日本だからだそうだ。ウォークマンしかり、ラジカセしかり、パソコンやらスマホ、若い人たちのとびつきたいものはみな、ある。彼女が休暇で日本に帰るとなると、友だちから、買ってほしいと頼まれるリストがあるという。

クリスマス休暇も、彼女は日本に帰りたがったが、予算もあり、仕事をしている私の友人夫妻が、パリにでかける用事があるので、そこで三人、落ち合うことにした。ところが、その娘は、パリなんて「イモっぽい」といったという。事実、パリのディスコへいっても、ミュージックは古く、最新の音響とはいかない。「あー、原宿か六本木へいきたいなあ」となるのだそうだ。

外国暮らしをした子どもたちや、学生時代を送った人たちの方が、かえって、日本が一番という誇りをもつそうだ。欧米にたいするコンプレックスなど、かけらもない。

こういう感覚の持ち主が、若者の中に増えているはずなのに、ブランド商品ばかりに身をつつみ、欧米のものばかりありがたがる。それは、とりもなおさず、コンプレックスのあらわれなのだ。自分の心の中に、誇るべきものがないから、世間でいいといわれる尺度や物に身をまかせて、安心する。

そんな若者こそ、「イモっぽい」のだ。

自分に、自分の生きている世界に、誇りをもつことが「大切」なのだ、と私は思う。

紅茶とタルトとはよく似合う

午後のひととき……飛行機がもの憂い音で通り過ぎる。ガラス戸にどこからまぎれこんだのか小さなハチが一匹。夕刻には間があるし、かといって何をするのもけだるい。

そんな時、どうするだろう。人恋しく、立上ってお茶など入れ、友人やお隣りの奥さんを呼び、お菓子を用意してお喋りにふける。あるいは子供達、おじいちゃんおばあちゃん集い合って「お茶でもいかが」となる。私達になじみの「お三時」がそれである。そういえば「お十時」というのもあった。一息入れて……というその風習は職人さんのお休みにはいまだに残っているが、「お十時」「お三時」のなつかしい言葉はあまりきかれなくなった。

午後のもの憂さはヨーロッパでも同じこと。イギリスの有名な「アフタヌーン・ティー」がそれである。イギリス人は目ざめた時、十一時（イレブンシス）そして午後四時か五時のティー・タイム……としょっちゅう紅茶を飲んでいる。午後のティー・タイムの始まりは、七代目ベッドフォード侯爵夫人、アンナだといわれている。

彼女は、夫の侯爵が夕刻のある時刻になると「なんとなく沈んだ感じ」になることに気づいた。その気分をまぎらわせるために彼女が考えついたのが紅茶とタルトなどの菓子であった。このアイデアが貴族仲間で流行し、奥方たちは競って、庭の果物や木の実を利用して手造りの菓子を作り紅茶を飲んだ。一家で楽しむだけではなく、客を招んで、それが小さな社交場サロンになっていった。

日本でお茶と和菓子が切っても切れない関係にあるように、ヨーロッパでは、紅茶とケーキはつきものであった。

最初、家の中で飲まれていた紅茶が、店で飲まれるようになったのも、ケーキとの縁からだという。

「ランペルマイエ」「ギエンター」といったティーショップは、もともとアイスクリームやスコーンを売るための店だった。パイやタルトそれにパンなどを売る店の片隅にテーブルを二つか三つ並べただけで、スコーンを買いにきた客と紅茶を飲む。女性支配人が店の奥で世間話をしながらお客と紅茶を飲むのが人気になって、以後どの店でも用意するようになったという。

ヨーロッパの冬は、だらだらと寒い。一日に何度か飲む紅茶はカシミヤの様に柔らかくしっとりと体を包む。そして視覚的にもあのコハク色は暖かい。イチゴの赤だのアプリコットの日射しの色……紅茶と合う、心暖まる色が人々を寒さから守った。

午後のもの憂い気分を忘れ、人々は肩寄せあってひとときを過す。テーブルの上には、イチゴが、さくらんぼが、そしてアプリコットが香り高く実っている。ティーポットには、まだ残りの紅茶がほんのり暖かく……。
午後のひととき、紅茶とスコーンはよく似合う。

ボージョレ・ヌーヴォの永遠のひととき

毎年、二月の末になると、ある蔵元から、その年の寒づくりの酒が送られてくる。出来たての若さにみなぎり、かぐわしい香りを漂わせる生酒は、新しいうちに飲みきってしまわねばならない。かねがね日本酒と同様、ワインにも、新しさと生気が生命、という酒があるにちがいないと思っていた。そして、ボージョレ・ヌーヴォと対面したのは四十年近く前。

場所は、北海道は日高の知人の山荘であった。海辺に近いので、比較的気温は高いとはいうものの初冬の北海道は急に冷えこむ。

私とつれあいとは、昼間牧場をめぐって、沢山の馬達をながめ、今は種馬となって孤高に生きているハイセイコーの姿に接し、いささか疲れて帰った。

「食事の前にサウナに入ったら。」

そう聞いた時から何か趣向があるナと思った。食通で知られる知人のこと、サウナでのどを渇かしてから、何か珍しいものを飲ませようという魂胆だと察した。

別棟にある自慢のサウナでゆっくりと汗を流し食堂に入ると、手づくりの料理が並ぶ。北海道の海の幸、貝類や魚，など地物の材料ながら、レモンやオリーヴ・オイル、数々のペッパーなどでフランス風味つけがされている。

彼は政界から実業界に入った人物で、面倒見のよさと、趣味人としてその名が通っている。とりわけ食に関しての知識や味については、ちょっと他に見あたらない位造詣が深い。

ほてった頬と、今夜の趣向に胸おどらせて食卓につく。

木造りの食堂の壁には、ブリューゲルのリトグラフが二点、さりげなくかかっている。二点とも、農民達が収穫の喜びに、飲みかつ食い呆けるの図だ。

この世の最大の享楽とは、うまい酒と食物に埋もれることを暗示している。たしか「最後の晩餐」という映画では、この世の最もうまいものを死ぬまで飲み食いする場面があった。

そんなことを思い浮べていると、コルクが抜かれ、知人の手から生き生きとした赤ワインがグラスに満たされた。

「今年のボージョレ・ヌーヴォ。日本に到着したばかりの若者です。」

ほどよく冷やされた液体が、唇をぬらし、勢いよく胃の腑へかけこんでいく。

その日の趣向はこのボージョレ・ヌーヴォであり、それを飲ませるために、知人は私達を招待してくれたのだった。

北海道の乾いた空気とあかあかと燃える暖炉、そしてボージョレ・ヌーヴォが、私達を快楽の一瞬へと追いたてる。

「私はいつもながら、ボージョレ・ヌーヴォの到着を心待ちにしている。毎年、このワインが私の精神と肉体を若返らせてくれるからだ。」

知人は、ポール・ヴァレリーの言葉を借りて自分の気持を伝える。

「若いということはそれだけで美しいのネ。私も最近は、自分より若い男性にひかれるなァ」

といえば。すかさず、つれあいが、

「もちろん、おれも」

というわけで、飲むほどに酔うほどに、みな今という瞬間がこの上なく楽しく、まるでプリューゲルの絵の人物のように、もしこの世がこれで終りになっても悔いはないという気分になった。

その時から海外に出るたびに、ボージョレ・ヌーヴォを味わうチャンスを狙った。パリではその年の十一月十五日にあと一週間たらずで無念の涙をのまねばならず、次の年、やっと、ブリュッセルで、出荷間もないボージョレ・ヌーヴォにレストランで出会えた。奇しくもその年は、ブリュッセルで、大ブリューゲル展が開かれていたのである。

知人の家で見た本物の絵と対面し、私はこの絵で飲まれている酒はボージョレ・ヌーヴォにちがいないと勝手に確信した。なぜなら、毎年各地にその年のボージョレ・ヌーヴォが届けられると町や村は、新酒を祝うお祭りさわぎに包まれるというからだ。

さて、私にボージョレ・ヌーヴォを教えてくれた知人は、急に病にたおれ、亡くなってしまった。

ベッドに横たわり、痛みどめを打ちながらも、家族全員が集まったところで、上体を起こし、それぞれの手にした盃にワインを満たして乾杯をした。

彼は一口飲んで「うまい」といったという。そして、その日の午後、静かに息を引きとった。

その話を通夜の席で、息子さんからきかされて、いかにもその人らしいとありし日の知人をしのび、北海道での享楽の一夜を想い出した。彼が最後に口にしたワインは何だったのかはききそびれた。

2章

すてきな大人に

どうでもいい話に品性が出る

一生のうち、私達は、どんな事を話しているのだろう。全体の1／3は人の噂話、1／3はセックスの話、そして残りの1／3が、ごく必要な話なのだそうだ。2／3は、いわばどうでもいい話をしている事になる。

よく考えてみると、どうでもいい類の話こそ、そこに人間性なり、品性なりがあらわれる。例えば噂話。噂話は、例外なく悪口の方が面白い。人をほめた話ほどつまらぬものはない。週刊誌にしても、人の噂話でもっている様なもの。それも人の悪事の方が売れるときまっている。結婚より離婚の方が売れ行きもよく、結婚ネタは一度で終わりだが、離婚ネタは、原因、経過、その後の成り行きと、何度も使えるという。

だからといって人の悪口ばかりしていては、品性にかかわる。噂話はエスカレートするからだ。一度したら、次には、もっと面白くしゃべるために、2倍も3倍も悪い話にしなければならない。

電車の中で口をゆがめて人の悪口をいっている女、いかに美人でもうんざりする。ナワのれんで上司や同僚の悪口しかいわない男、これもがっかりだ。

人の噂話をしそうになったら、一息吸いこんで、ほめる方にきりかえよう、たとえほめる所のない人でも。

血の通った人間は言葉から

うっかりして期日を過ぎそうになっていた税金の督促状がきた。表に「〇〇〇〇他一名」となっている。〇〇〇〇の次に小さく殿と印刷されているのだが、他一名にあたる私は、いい気持ではない。私の名が書かれていないせいではない。「他一名」といういい方がいかにもお役所的でいやなのである。

威圧的で、早く納めろといわんばかり……。上から押しつけるいい方でなく、もっと普通のいい方はないものか。

名前を列記してもいいし、工夫次第でいくらでもあるはずである。

「〇〇他何名」といういい方は、戦時中の軍隊の延長のようである。お上がしもじもの者を呼んだり数えるやり方で、血が通っていない。あまり気持のいい呼び方でない事だけは確かだ。

かつて私がアナウンサーをしていたときは、ニュースやコメントのなかでは、必ず「〇人」という風にいいなおすよう教育された。「〇名」と書いてあっても「〇人」といいなおす。話言葉だからだけではなく、「〇名」といういい方は事務的で、冷たいからだ。そのせいもあって、「〇名」といういい方には、抵抗をおぼえる。「他一名」の例に限らず、お役所の印刷物などに使われている言葉には、実に無神経、かつ冷たい言葉が多い。いかにも上から下へ向かって物申すという感じが言葉のはしばしににじみ出ている。

使っている人たちは、前例を踏襲(とうしゅう)しているだけだからなんとも思わないだろうが、言葉にはことだま（言霊）が宿り、使う側の心や姿勢をあらわしているのだ。

庶民の側に立った行政をいうなら、言葉から考えてほしい。いわゆるお役所言葉をやめ、血の通った言葉に変えること、小さなことのようだが、そうしたところから始めないと、いつまでたっても血の通った行政など不可能である。

失意のとき、励ます温かい心を

女子ばかりの駅伝大会があるというので、北海道へ出かけた。積丹半島の古平町から積丹町にかけてのコースである。

海はどこまでも深く蒼く、ところどころに、つき出た岩が影をおとし、岸には、黄色いエゾカンゾーのかれんな花が咲いていた。

四十八組がスタートし、私は放送局の車に乗って後を追う。交通はストップし、整理のためのパトカーが出ている。

オレンジのTシャツに身をつつんだ女性たちが足をあげ、海沿いの道を走る。トンネルが多いのでシューズの裏にけい光塗料をぬって暗いところでも前を走る人がわかる。後ろから見ていると、暗やみの中に右、左と交互に瞬間、かすかな明かりが明滅し、まるでホタルのようだ。

中継車が近づくと彼女たちの息が手にとるように聞こえる。規則正しく荒い息づかいを身近にきいていると、ラクをして車に乗っているのが気恥ずかしくなってくる。

疲れはてて歩き始める女性がいる。思わず「ガンバレ！」と声をかけてしまう。沿道の人びとも同じだ。トップや勢いよく駆けている女性には、感嘆のまなざしは向けるが、声援は少ない。やっとの思いで足をひきずる人、年齢にめげずがんばっている人、ビリを走る人には惜しまず声をあげてはげます。

嬉しくなってしまった。人間は強いもの、速いものだけを賞賛するのではない。遅くとも弱くとも懸命に努力する姿に拍手を惜しまない。

その意味で、積丹の漁村の人びとはエチケットを心得た立派な観客だった。

強いとき、好調なときは、人ははげましを必要としない。失意のとき、弱いときに力になってくれるものこそ大切なのだ。はげましてくれた人の心こそ本物なのだ。好調なときは、そばにいなくとも、失意のとき、不調のとき、見守っている温かい目を持ちたいものだ。

他人を考えるゆとりの力

ロンドンでエスカレーターに乗り、後からきた人に注意されたことがある。その頃の日本の習慣で、右側に立ってしまったのだ。右側は急ぐ人たちのためのもので、じっと立っているなら左側に寄るのが礼儀である。日本も今ではそうなった。

階段でも横に幅いっぱいひろがっていると、急いでいるときには人波をかきわけねばならない。

ロンドンの空港やタクシー乗り場の行列では、人びとはごく静かに整然と待っている。私が半年住んだことのあるエジプトなどでは、人びとは整然と並ぶことが苦手で混とんそのもの、それはそれで良さもあるのだが、人の列を見れば、ほぼその国の見当がつく。

いいかえれば、他人のことを考えるゆとりがあるかどうか、人と人とのエチケットがさりげなく身についているかどうかだ。

急いでいる他人のことを思えばこそ、右側をゆずる。ゆっくり歩く人はそれなりの道がある。

体の不自由な人のためには、階段では手を貸す。老人や子どもと一緒に歩くときには、その歩調に合わせて歩く。さりげなく身についたのがエチケットだ。

東京はどこもかしこも人だらけ、他人に歩調など合わせていたら突きとばされそうになる。ときどき手すりにつかまって階段をのぼる老人の背に舌打ちしていく若者、階段を下りるのに他人の手を借りねばならぬ車いすの人に、知らんふりをしていく人びと。道そのもものも体の不自由な人のためには考えられていず、歩道橋はいうに及ばず、私の仕事場のそばの交差点などうす暗い地下道には、「痴漢注意」と書かれていて、夜は健康な人間でもとても通れる代物ではなかった。

エチケットとは、結局他人のことを考えるゆとり、思いやりということなのだと思いながら、師走の雑踏の中を歩いていく。

女はプラス・アルファの魅力を

函館へ出かけた。銀行で奥様方に話をするためである。銀行に入ったとたんに、客とまちがえたのか、受付のカウンターにいる女性が、「いらっしゃいませ」という。

その声が、単なる儀礼ではない暖かさに満ちている。ふくよかで、心から客を迎える気持がある。こんな言葉を久々にきいたと嬉しくなった。

「いらっしゃいませ」というたったひとこと、その言い方一つでこんなにも違うものか、喋り手の気持がはっきり出てしまうものか、いまさらながら感じさせられた。

帰途、二、三のお店をのぞいたが、みな「いらっしゃいませ」には心がこもっていた。

東京ではついぞきいたことのないものだ。銀行でも、デパートでも商店でも、東京の方が教育は行きとどいている。一見きちんと礼儀正しいが、その「いらっしゃいませ」はマニュアルで心がない。事務的で冷たくて、牢獄で呼び出しを待つ囚人のような殺ばつとした気持にさせられる。

顔付もちがっている。地方で出会う女の顔は、働く若い女性も、おっとりとした余裕と人間味があるのに、大都会で働く女性は、ぎすぎすして疲れている。

忙しさのちがいといってしまえばそれまでだが、そんな単純なものではないと思う。

自然界の一員としての心暖かな人間を育む要素があるかないか。山から吹いてくる風の音に耳をすましたことがあるか、野の小さな花を愛でながら歩いたことがあるか、せせらぎの音にふと足を止めたことがあるかといったことからきていると思う。

外界のものに向ける目を持ち、自分の内側をみつめるゆとりがあるかどうかが人間を造る大きな要素になっている。地方で出会う女にはそれがある。都会に住む女たちは一番大切なものをどこかに置き忘れている。

女は男に比べ、自然に近い。感情も心も肉体も……。だからそうしたものを大切にしている女からは、かぐわしいものが感じられる。同じことばでもプラスαが加わっている。

私が函館で感じたものは、まさにそのプラスαだったのだろう。「いらっしゃいませ」ということばの抑揚、顔の表情、すべてが人の心を象徴していた。

「まだこんな女の人達がいる」しみじみと暖かいものが私の心の中にひろがった。

会社や企業といった組織にしても同様である。大きくなればなるほど、一人一人は人間味を失い、歯車の一つになってギリギリと働く。冷たく事務的なのをテキパキと勘ちがいする。

飛行機にのってみるとよくわかる。かつては大きな航空会社ほど、サービスがよかったが、最近は、日本でも大きい順に冷たく事務的だ。国内線より国際線の方がさらに度を増す。後方に乗っている団体さんの悪口をいう乗務員もいるという話を読んだことがあるが、私も海外へ出かける時、仕事が一段落すると仲間うちでべちゃべちゃと喋りつづける態度にいやな思いをした事がある。

それにひきかえ、いつだったか、日本の中でも島にしかとんでいない小さな飛行機にのった時のスチュワーデスの可愛かったこと。

何かいうと頬を赤らめそうな、ふくよかでゆとりのある顔つき、純朴で心のこもったサービスにすっかり感激してしまった。

都会へ都会へ、大企業へかっこいい仕事へと女は流れているが、どこかで自分の中のいいもの大切なものを阻害していることに他ならない。

〝気くばり〟とは想像力と表現力

かつてＮＨＫの先輩アナだった鈴木健二著の「気くばりのすすめ」がベストセラーになったことがある。

私流に解釈すると、気くばりとは、想像力である。いかに相手の気持を想像できるか。あらゆる場面、さまざまな状況、その時のその人の気持に想像の翼をはばたかせることが出来るかどうかである。

その場面、状況に自分を置いて、そこでの自分の気持を考えてみる。自分ならどうだろう、何が嬉しく、何が喜びか、ドラマを自分の中で組みたて、他人の身の上に置きかえられるかどうかである。

講演で全国をとびまわっていた40代のこと。夜十一時近くに私は松江の駅に降り立った。その日は朝一番の新幹線で東京駅を発ち、岐阜県の関市で講演を終え、再び新幹線にとびのって岡山で乗りかえ、最終のＬ特急やくもで松江に向かった。

数日前から続いた長旅で、いささか疲れはて、松江に着いた時はどっと疲労が噴き出した。足をひきずって階段を降りていくと、見なれた顔が改札口で手を振っている。松江の友人Ｍさんである。

朝早く二人の子供を学校へ出すのももどかしく自らが経営する手作り七宝の店へ出勤するのだから、出迎えはいらないといってあったのに……。

だが、私の心は彼女のいつに変わらぬ楚々とした表情にほっと心がなごみ、彼女の車にのりこんでホテルまで送ってもらう破目になる。

「疲れたでしょう。おなかすいてない？」と小さな包みを別れぎわに渡してくれる。

部屋に入ってほどいてみると、経木の折に入ったおべんとうで、細々（こまごま）といくつものおかずと小さなおにぎりが五個。別に白魚のおつゆまでついている。

蓋をあけようとした私の目に、蓋に書かれた彼女の走り書きが目に入った。料理の説明があるのだ。「やたら漬け――出雲地方に伝わるもので、母が漬けました。材料は……。卵焼き――目を離した隙にこげ目がつきました、ごめんなさい。」という風に全てに一言付されている。さらにウィスキーのミニチュア・ビンに、アロエ酒が入っている。「自家製の私の寝酒です。お休みにどうぞ。」

その一つ一つを読んでいるうちに、私の頬はゆるみ、微笑がのぼり、疲れもどこかへ消しとんでしまった。

お風呂あがりに、私は彼女の心づくしのおべんとうと、もう一度蓋の説明を読みかえし、彼女の笑顔と、それを作ってくれた状況を思い浮べながら一つ一つ大切に味わった。

汽車の中で駅弁をすでに食べたのだが、一つ残らずお手製のべんとうを平らげた。そして、寝酒にアロエ酒を飲み暖まってぐっすりと眠った。

Mさんは、きっと、夜遅く着く私の事をあれこれと想像したのだろう。長い列車の旅で疲れてもいよう。体だけでなく神経も。それを解きほぐすには……。

もし自分がその立場だったら何が嬉しいかしら。あらん限りの想像の翼をはばたかせて、彼女が考えたおべんとうだったのである。

食物だけを頂くことはよくあるが、こうした説明とコメント入りのおべんとうは初めてだ。それが私の心をすっかり解きほぐしてくれた。

これがほんとの気くばりである。私は彼女の想像力に脱帽し、気くばりに感激した。気くばりとは、想像力と同時にそれを実際にどう表現するかだということを知った。気くばりも又、自己表現に他ならない。

　私も想像力だけは人に負けないつもりだけれど、表現力に欠けているということを深く反省させられたのである。

女は港でなく本来船である

　斎藤茂吉の妻・斎藤輝子さんにお目にかかった時のこと。80才を過ぎてなお、かくしゃくとして旅に我身をまかせていらした。斎藤茂太、北杜夫、両氏のお母さまでもある。世界中、行かぬ所とてなく、特にアフリカが好き、南極までも足をのばし、ほとんどが一人旅。晩年は、茂太氏が心配して一人で出かけられなくなったと、御不満の様子だった。

　好奇心の旺盛なことと、物事に挑戦する気持の若々しさ、私もこんな風に年をとりたいと思った。だが、旅に出られるようになったのは夫の茂吉氏が亡くなってから、それまでは体も弱かったときく。

　私のまわりにも、似た女性をたくさん見かける。夫の存命中は、外へ出かけることも少なく家事に追われ、日々過ぎるが、晩年になって夫に先だたれ、その後、見ちがえるように生き生きと外へ出、おしゃれをし、旅を楽しんでいる。女性は本来、外へ出て見知らぬものに出会い、旅をするのが好きなのではないかと思う。

男が作りあげた社会習慣の中で、もともと持っている好奇心や、欲望を自分で押えつけて暮していただけではなかろうか。私には、男は外へ出、女は家にいるというパターンは造られたもので本来は逆ではないかと見える。女は港、男は船というけれど、私にいわせたら、男は港、女は船である。

男は、自分達の作りあげた社会の中でがんじがらめになり、会社にしばられ、その中での出世だの地位だのとこだわりつづけることは、未知への挑戦など忘れはてた姿であり、今いる場所にしがみつく、いわば企業という港につながれていることになる。

それにひきかえ女たちは、結婚して家にしばられていても、虎視たんたんと外出の機会を狙い、買物、観劇、旅行が大好きだ。男たちのように固定観念にしばられることもなく時と場所さえ得れば、いつどこでものびのびと羽をのばすことが出来る。

動物の世界をながめても、ライオンをはじめ、外をかけめぐって猟をするのは雌であり、雄は動きまわらない。ケニアの草原でみた雌ライオンのしなやかな肢体と、敏しょうな動き、好奇心に満ちた挑戦的な瞳は忘れることが出来ない。私達人間の雌も、本来そうした外界への興味を雄以上に持っているに違いない。

男社会の中では、夫がいる間はやむをえず家につながれている事があっても、夫がいなくなれば、待ってましたとばかり本来の姿をあらわす。いままで押えられていただけに爆発力もすばらしく、生き生きとあちこちを見てまわり、旅をし、自分らしく生きはじめる。

旅先で出会うのが圧倒的に女であることもそれを物語っている。男の中には旅に人生をかけた本物の旅人もいるにはいるが、たいていは出かけても旅館でマージャンをしたり、せいぜいゴルフをする位で見知らぬものを見て歩く情熱に欠けている。

女はよくも悪くも一つでも一個所でも欲張って見たい知りたいと思いひたすら強行軍にもたえる。年輩の旅人も圧倒的に女性が多いし、ましてや若い女性の数ときたら、日本国中、いや世界の隅々まで食いつくさん意気ごみだ。働いてお金をためて旅に行くのが楽しみという若い女性は圧倒的で、我も我もと出かける。結婚したら自分勝手に動けない思いが彼女達をますます駆りたてるのだろう。

もし女性の中から今まで男からしつけられた制約をとりのぞいたらどうなるか、女は自分の思いのままに未知の世界に向かうにちがいない。

女は船になり、好きな港に向けどんどん船出をする。船の名は、クィーンエリザベスにしろ、みな女性名である。

女の「ろうたけた」美しさはどこに

最近女性は、みないきいきと美しくなったといわれる。ほんとにそうかなと思ってしまう。

たしかに、個性的な人、知的な人、セクシーな人と、上手に自分を表現するおしゃれを身につけている。それは華やかに女が開花したと見えるのだが、そのかわり、かつて女が持っていた美しさはなくなってしまった。

ほんとうに美しいと思える人は、私にいわせれば逆にいなくなったともいえる。

言葉にするならば、「ろうたけた」ということだろうか。

「ろうたけた」といっても、「それ、なに」という女性もいるかもしれないが、「品のいい」「風情のある」「ゆかしい」と並べてみて、近くはあるが少し違う。曰(いわ)くいいがたく、「ろうたけた」美しさなのだ。

それは奥深く、女の母性をも感じさせるふくよかで、たおやかな美しさであった。

そんなもの古いといわれるかもしれないが、妙にぎすぎすして、たてまえ論者の増えた最近の女をみていると、かつての「ろうたけた」美しさへの憧憬がよみがえってくる。

かつて「ろうたけた」美しさが存在し、なぜ、今は少なくなったのか。

ろうたけた美しさとは、内から滲み出てくるような、匂い立つような美である。奥深くはかりしれないものを秘めた美しさである。

それにひきかえ、個性的とかなんとか言われる女たちの美しさは、表面的でちゃちにみえる。

何かことがあったら吹きとんでしまいそうな軽さにひきかえ、「ろうたけた」美しさの中には、一本筋の通った芯の強さがある。その強さをあらわさず、柔かく優しく包むものがある。困難な時にも決して失われることのない美しさである。

質の高い美しさで、いつの世にも価値を持つことの出来る女の美しさである。

「ろうたけた」美しさは、耐えることを知っている美しさだ。かつての家族主義的色彩の濃い日本の中で、女は耐えることを強いられた。

様々なタブーがあり、その運命の下に耐えながら、それでもわきおこってくる女の命のようなもの、押えても押えきれぬ、生のあかしを求めつづけた。表面はにこやかによそおいながら、心の奥には深い悲しみや、燃え立つような情熱を秘めていた。

それがそこはかとなく漂い、えもいわれぬ「ろうたけた」美しさを造りあげていたのだろう。

今は、そうしたタブーが無い。無いとはいえないが、少ない。恋愛にしても、どれもこれも市民権を得て、白日の下に堂堂としていながら、もう一つ燃えあがらない。一人でじっと思いを秘めることもなく、すぐに出してしまう。一般的にいえば、不倫と呼ばれる、奥さんのある上司との恋などあるにはあるが、それによって社会的制裁を受けるようなものではない。

「愛人」といわれて、結婚するよりも新しくかっこいいこととしてとらえる風潮すらある。

こうした中では、なかなか本物の恋愛は育ちにくい、耐えること、しのぶことなしに、愛は開花しない。真の美しさも生まれない。

「ろうたけた」女たちは、知っていた。耐えること、しのぶこと、そして決して諦めずに、その中で運命の糸を自分の手元にたぐりよせる。そうした強さがあった。時々の感情は表面にあらわそうとはせず、それが一種のゆとりになり品の良さになった。

そうした奥の深いひそやかな美しさはどこへいってしまったのか。あながち時代だけのせいではない。女自身の中にも原因がありそうである。

本当のことを言うのがさわやかな人

私は子供の時から「爽やか」という言葉と音が好きで、自分の名前も、「暁子」ではなく「さやか」という名前だったらよかったのにと思ったことがある。

ある時期、女の子の名前で、一番多くつけられるのが「さやか」という名前である事を知った。字は様々であるけれど、「さやか」というひびきに、人々のかくあれかしという思いを知った気がした。

さわやかに生きる――。言うはたやすいが、なかなかむつかしい。さわやかとは作ったものではない。自然に滲み出る人柄のことだ。

さわやかコミュニティにするためには、一人ひとりがさわやかでなければいけない。

さわやかな人になるためには、まず、自分自身の思いや情感を大切にすること。自分の心に耳をすませ、風の音や葉のそよぎを聞ける人であること。

自分をほんとうの意味で大切にしている人は、他人をも大切にする。私は、私の場で精一杯生きている。あの人はあの人の場で懸命に生きている。そう思えば心の底からいとおしさがわきあがってくる。

「明るくさわやか」というけれど、その裏に、悲しみや痛みがあってこそ、本物の明るさやさわやかさがある。思いを胸の中にしまって、花一輪の心意気で生きたい。

年を取るとふたり遊びの時間が大事

欧米で音楽会や絵画を見にゆく。男女の比率は、ほぼ半々。男性の方が多いこともある。日本では、ほとんどが女性で、男性はよほど好きな人に限られる。客席が女性で埋まるのは異様な光景だ。

欧米ではペアで行動するケースが多いせいもあるが、男性の文化への関心度が高い。日本の男性は経済への関心度は高いが、残念ながら、文化への関心度は低い。会社人間が多く、働くことばかりで疲れはて、文化面は奥様族に任されている。定年後、時間が出来てもすぐ文化的な価値観に切りかえられない。家に居てすることも、行く所もない濡れ落葉と化す。

現役の時代から、もっと文化に関心を持とう。もともと少年の日の夢のかけらを残しているのは男性で、マニアやコレクターは男ばかり。絵を描きたかった。文章を書きたかった。音楽家になりたかったなど様々な夢を心深くに隠している。欧米の文化にしろ日本文化にしろ、創ったのはほとんど男性だ。今では女のお稽古ごとになっているお茶やお花は、千利休や世阿弥といった男性が、自分の哲学と宇宙観とでつくりあげたもの。男がやってこそふさわしい。男の参加しない文化は、堕落していく。男と女が共に参加してこそ、異質なものが混ざりあって、刺激しあい、新しいものを生んでゆく。

男たちは経済的価値だけを追うことに疲れて、心を潤すことを忘れている。それを思い出させるのは、女の仕事である。

音楽会に行く、絵画を見にゆく、お茶やお花の会には、女同志で出かけることをやめたい。必ず男を誘っていくこと。つれあいでも、恋人でも、不倫の相手でもいい。もちろん父親、兄弟、子供、ともかく男と一緒に出かける。一人一殺、一人の女が一人の男を責任をもって連れてゆく。

私はオペラやバレエが大好きで自分でも趣味でやる。若い頃は忙しすぎて一緒に行動することが少なかったが、つれあいがテレビ局から大学の教授に転職したのを機に、私がオペラにゆく時、絵を見にゆく時、必ず誘うことにした。最初は不承不承ついて来て、居眠りすることもあったが、興味をもちはじめると、男は凝り性だから調べたり勉強したり、今では私より詳しい位だ。昔から私が蒐めていた骨董についても、趣味で小さな店をやってみるほどになった。つれあいの祖母が茶の師匠だったこともあって、月一回鎌倉までお茶のけいこに行っている。

テレビ局時代、体をこわし、もしその時死んでいたら、あまりに二人の時間が無かったことを後悔すると思って誘ったのがきっかけだが、今では共通の趣味があり話題もなくならない。ふたり遊びが出来る。いやでも向き合わねばならぬ時間を楽しく一緒に遊ぶ。経済的価値観に押されて眠っていた文化的価値観に目覚めた男に、女は新しい魅力を見出すに違いない。

いい年の取り方は顔に出る

遠くで雷がころがる。「高原文庫の会」が終わるまで、天気はもつだろうか。壇上では、室生朝子さんと堀多恵子さんが対談中だ。いうまでもなく室生犀星の令嬢と堀辰雄夫人。

父や夫、文学者たちの過した軽井沢がテーマだ。室生朝子さんの記憶の鮮明さ、そのままエッセイになりそうだ。時折り口をはさむ堀多恵子さんの話しぶりには人柄がしのばれる。中村真一郎夫人佐岐えりぬさんのお宅で食事を御一緒した際、堀多恵子さんからうかがった話を思い出した。追分の山荘で病にふせって本が読めない夫のために、毎夜遅くまで隣室で夫人が本を読んだという。

樹々の間を洩る日の光、風のそよぎの中で戸外に椅子をしつらえて、軽井沢に毎夏、人々が集う。一年ぶりに会う顔、白髪が増えた人々が亡くなった誰れそれをしのぶ。室生さんは話しはじめると顔や体中からエネルギーが発散し、人々の顔も、一年一年、少しずつ変化する。年ごとにあでやかさが滲み出る画家の堀文子さん。

出会う人々の顔でその人の一年の歴史を想像する。彫刻家の宮脇愛子さんは脳こうそくで倒れ、堀多恵子さんも亡くなった。

他の人の一年の変化はよくわかるが、私も同じなのだ。少しづつ重ねているものがある。何を重ねているか、それが問題だが。

黒柳徹子さんは、テレビに出るなら出続けないと、という。たまに出ると「年をとったわネ」といわれる。しょっちゅう出ていると少しづつ年をとる事に見る側も馴れて急激なショックを受けないというのが理由だ。なるほどよく年を重ねた俳優さんは、顔をすぐ思い出せる。三国連太郎、岸田今日子……若い頃の写真を見るとむしろ違和感を憶える。年を重ねることは素敵なことなのだ。

私もNHKでアナウンサーをしていた時からテレビに出ていた時間が長いが、自分の出た番組の録画はほとんど見たことがない。何度も勉強のために見るという人もいるが、私は見る気がしない。自分の顔、声など嫌になる。そこに写った自分は、過ぎた自分でしかないからだ。過ぎた自分を見てなつかしむようにはなりたくない。

「二十世紀の名演奏」というNHKの特別番組の再放送を見た。

夜、軽井沢の山荘で一人起きていると、〝日本の名演奏家たち〟と題して、まず二十代の若さが全面に出た小澤征爾(せいじ)、私も一緒に仕事をした森正、山田一雄という指揮者たち。海外の一流テナーに並ぶ魅力的な藤原義江、可憐な東敦子、N響初の海外公演で振袖を着てショパンを弾く16才の中村紘子、アンコールのお辞儀もそっけない。人の顔に歴史を見る。

東京ステーションギャラリーで、シュールレアリスムの巨匠、マックス・エルンストの彫刻、絵画、写真展があった。どれも一貫した飄逸(ひょういつ)さが漂(ただよ)う。そしてエルンストの愛した女流画家の知的な美しさ。レオノーラ・キャリントン、ドロテア・タニング。男が美しい女を愛するのは当然だが、以前から気になったのはシュールレアリスムの女性画家たちが、そろってすこぶるつきの美人の上に才能と知性があることだ。レメディオス・バロもそうだが、彼女たちの作品に登場する女は、みな本人によく似ている。

エルンストの作品も、彫像にしろ、鳥や獣にしろ、どこかエルンストに似ている。木の板の上に木製の格子と鳥の羽根を使って描かれた「かごの中の鳥」。満月の下のかごに閉じこめられた悲しげな鳥の瞳もエルンスト自身だ。画家は自分自身をしか描かない。私の顔もまた、自分自身をしか表現出来ない。

一途な人の情熱は美しい

はじめて舞台で聞いたのが、泉鏡花の「龍潭譚(りゅうたんたん)」であった。一語一語に鏡花の美意識を秘めて「あやし」の世界が幻出する。

私は幸田弘子さんの語りによる鏡花が好きだ。一葉の作品は、暗誦し、読みこまれ、自家薬籠中の物となり、幸田さん自身と一体化しているが、鏡花には、新鮮な驚きがある。私はそこに強く惹かれた。

幸田さんとはＮＨＫの同窓生でもあるので、放送ではよく語りを聞いていたが、舞台では、視覚も手伝ってより一途な情熱が伝わってくる。その背後にあるのは、文学作品を読みこむ確かな目と、頑固なまでの厳しさである。

電話で田澤稲舟(たざわいなぶね)について話したことがあった。一葉と同時期の閨秀作家といわれた田澤稲舟について書く必要があり、幸田さんが請われて稲舟の故郷山形県の鶴岡で稲舟について話したと聞いたからだ。

樋口一葉より若い二十一才で矢折れ刃つきて故郷で死んでいった稲舟は、師の山田美妙と結ばれるが、その「自由恋愛」は新聞誌上を賑わせて代表作とされる「しろばら」同然の悲惨な最後をむかえる。あまりにも無謀でよくいえば純粋な生き方には興味を憶えるのだが、幸田さんは純粋に作品として評価する。

文学作品として、特に独自の文体を持つかどうか……その点では、たしかに稲舟の作品は未完成である。師の山田美妙の美文調の影響からぬけ切れていない。

一葉のような磨きぬかれた堂々とした言葉と文体でなければ、朗読出来にくいというのは、よくわかる。私も朗読の経験のあるものとして、言葉に生命がなければ、響かせることは出来ない。幸田さんのこだわりがよくわかった。

一葉の言葉と文体は、したたかなまでの魂に裏付けられている。作家としての一葉の勁(つよ)さにくらべて、稲舟のなんともろいことか。

幸田さんが何を読むかは、幸田さんの美意識だ。一葉にはじまり、鏡花、鷗外、漱石、そして源氏物語や、奥のほそ道といった古典、そして、瀬戸内寂聴の「髪」。新しい作品への挑戦のたび、幸田さんの目が、声が輝きを増す。

「一つの作品にかかると、他のことが考えられない」

と、幸田さんは言っていた。軽井沢の我が家にのぼる道すがらだったか……。一途なひとなのである。それがあの語りを生む。

偶然なことに、幸田さんの山荘と私のところは歩いて十分ほど。ＮＨＫに勤めていた頃音楽部長であり現在は音楽評論家の夫君三善清達氏、そしてお嬢さんの三善里沙子さんとも親しくおつきあいさせていただいている。

幸田さんの語りの世界に刺戟され、私も好きだった詩の朗読をはじめたところである。

ゆうゆう世代なったら〝よい人〟をやめて〝不良〟になろう

〝個〟のない人はつまらない

句会に参加して40年以上になる。集まるのは、和田誠、矢吹申彦、黒柳徹子、吉行和子、冨士眞奈美をはじめ、個性派ぞろい。宗匠はなく、それぞれ自分の俳句をつくりつづける。「天・地・人・五客」を選句して、短冊をもらうとうれしい。

自分の考えを持っている人たち、つまり〝個〟を持った人たちの集まりというのはおもしろい。安易に迎合せず、自分の考え、自分の感覚で勝負。だからこそお互いを認められる……。

〝個〟がない場合はどうだろう。力の強い人やだれかに従っているのは、ラクではあるけれど、楽しくはないはず。自分の考えを持っていない人と話すくらいつまらないものはない。毎日の生活でも「なんにもおもしろいことがない」と不満顔で待っているだけの人といっしょに暮らしていても楽しくない。

退屈や不満の原因は、だれのせいでもない。自分自身の問題で、赤の他人はもちろん、夫や子どもも、自分とは別個の人間なのだ。人に頼り、人に期待をして、裏切られたからといってグチるのは筋違い。期待をするなら自分にしよう。「私ならきっとできる」と自分を信じるのだ。

せっかく生まれてきたのだから、ステキに生きて、ステキに死にたいではないか。鍵を握っているのは、自分自身である。

思春期のころ好きだったことを

年をとったら不良になって、やりたいことを自由にやってみるべき。50代になればもうだれにも気がねはいらないのだから。

不良の第一条件は、けっして〝よい人〟を演じないこと。妻でも母でも嫁でもない、役割ではない〝個〟としての自分の顔を持つこと。〝個〟で生きるということは、けっしてラクではない。自分の頭で考え、判断し、責任を負わねばならない。しんどいけれど、実はここに最大の楽しさがある。

ただ、〝なんでも自由にやってみよう〟といっても、やりたいことがみつからないという人もいるかもしれない。私も50代に入る前に、はたと考えたことがあった。就職をしてからというもの仕事に追われて、プライベートの楽しみは忘れていた。そこで自分は何がしたいのだろうと考えてみた。

そして、中学・高校のときにあこがれていた歌とバレエをふと思い出した。思春期の感受性がいちばん強いころに好きだったこと、憧れていたことが、その人の人生でいちばんしたいことなのではないだろうか。

体力もお金も、残された時間も減ってくる。あれもこれもというわけにはいかず。一つか二つにしぼって、真剣に打ち込むものを見つけ、チャレンジしては……。

旅はひとりに限ります

私は散歩が大好き。子どものころから変わらないようで、知らないところに歩いていってよく迷子になったものだ。散歩は胸躍る大冒険の旅。何が起こるかわからない、何に出会えるかわからない、不安と期待でいっぱいの旅。いまも同じで、行きと帰りは違う道、昨日と今日は道を変えて歩いている。同じところに住んでいても、散歩をするたびに新しい発見があって、楽しい。

散歩の延長線上に旅があると思う。〝安心〟をうたったツアーがあるが、安心な旅なんてちっとも魅力を感じない。自分で計画を立てて、交通を調べ、チケットをとり、そして地図片手に行くからおもしろい。不安や苦労があって、期待がある。だからこそ旅はワクワクさせられる。

旅はひとりに限る。ひとりで行くからこそ新しい出会いや感動がある。友人たちや家族といっしょに行くと、ついおしゃべりをして何も見たり感じたりせず、何にも自分に残っていないなどということになりがちだ。人の後にくっついていくだけの旅はやめよう。「ひとり旅はちょっと」としり込みしている人は、散歩から始めてみる。知らない道を通ったり、知らない町まで足を延ばして、不安と期待がせめぎ合う、スリリングなおもしろさを感じてみたい。きっとひとり旅がしたくなってくる。

なじみの場所をつくる

ひとりで行動するといっても、食事をしたり、お酒を飲みに行ったりというのは、ひとりではつまらないし、落ち着かない。

そういうとき、私はなじみの店に行くようにしている。

初めての店にひとりで入っていくのはだれでも不安だろう。初めはだれかといっしょに行って、その店が気に入れば、お店の人となじみになってしまう。

そうすれば、次回からはひとりでも大丈夫。何回か通っているうちに、常連同士で知り合う楽しみも出来る。

私は私であること

父の仕事の都合で、少女時代を大阪で過した。学校では大阪弁、家では東京ことばと使いわけていたら、バイリンガルになった。アクセント、いいまわし、大阪の友人と話す時は、いまでも自然に変化する。

大阪弁の方が表現しやすい言葉が多い。「好きやねん」といった愛情表現。いいにくいことをずばりといえる。

「好きです」とは、てれて面と向ってとてもいえない。

東京へもどって大学へ入ったら、極端に無口になった。ことばが出てこないのだ。本音でいえたことが、東京ことばでは嘘っぽい。どちらで表現すればよいのか、極端にいえば、本音とたてまえといった文化のちがいが根っこにある。思考が引き裂かれてしまう。

皮肉にも標準語を話すというアナウンサーという仕事に最初についたために、悩んだ。標準語とは何か、標準という言葉のように平均的であたりまえのつまらない言葉ではないだろうか。色や匂いなど独自の基盤をもたない言葉は根なし草だ。声が良く、アクセントが正しく、きれいに聞こえようと個の感じられないものは意味がない。言葉は誰もがもっている自己表現の手段なのだから。

名物アナと呼ばれた人は高橋圭三氏の岩手県花巻をはじめとしてふしぎなことに地方出身が多い。東京の場合は鈴木健二氏のように圧倒的に下町出身の江戸弁だ。育った土地の色や匂いが立ちのぼるのだ。

方言という文化の土台をもった、その人にとって表現しやすい言葉こそ美しい。一見ガラの悪い、響きのよくない言葉でも。「しんどい」といまでも私はいう。「疲れた」のではなく「しんどい」のだ。感覚的にぴったりする表現が私の言葉だ。

標準化され、規格化された言葉はつまらない。アナウンサーが標準語を喋る職業だとしたら、日本語にとってむしろ益にならなかったのではないか。生き残るのは、自分の言葉や表現をもった人なのだ。書き言葉でも同じである。

アナウンサーをやめ、以前から希望だった物書きの道に入った頃、地方で講演をした。

「まるでラジオ聞いてるみたい」

ショックだった。ほめ言葉のつもりかもしれないが、ＢＧＭのように心に残らなかったのではと思えた。

大学時代、大隈講堂の「緑の詩祭」で聞いた佐藤春夫の長い間(ま)と訥々(とつとつ)と吐き出された言葉を想い出した。忘れられない講演であり、言葉だった。

美しい日本語を話すといわれた幸田文にインタビューした時、紡(つむ)がれる言葉の一つ一つが、人柄と生き方を表現していた。

私は私であること。言葉はそれ以上でも以下でもない。感覚を磨くこと、自分の感覚にふさわしい表現を探ることとしか出来ない。

方言や失われた言葉をもういちど見直すことも忘れたくない。

「はるかだのう」、旅を共にする友人と出会った時の挨拶だ。「久しぶりだね」という意味の山形県の庄内弁。浜ことばだというが、なんとのどかで、感じが出ていることか。

その土地の言葉をもっとも美しく豊かに表現できる人を、その地方のアナウンサーにすべきだというのが、私の持論である。

女だけで遊ばないで

仕事の場ではもちろんのこと、家庭でも遊びの場でも、あらゆる場面でもっと男と女が混ざってほしい。男的価値観と女的価値観が混ざり合うことで、世の中が少しは変わってくるだろう。

どこかへ遊びに行くときは是非とも男を連れて行ってほしい。自分が絵を見に行きたいと思ったら、夫を誘う。夫でなくても、兄弟でも、息子でも、ボーイフレンドでもだれでもいい、とにかく男を一人連れて行ってほしい。女同士で行かないでほしいのだ。

音楽会、芝居、展覧会にしても、見に来ているのがほとんど女ばかりなのは日本くらいである。欧米では男女半々。男の人自身が美しいものを見る、聞く、ゆとりをもっている。日本の男は、物を作ったりお金を稼いでさえいればいいという考えに偏(かたよ)りすぎている。若いときはそうでなくても企業に入るとそうなってしまう。

だから男を家庭や遊びの場に引きずり込む努力が、女の側にも必要である。

男たちは最初は嫌がっても、そのうちにきっと興味をもつようになる。

もともとは日本の男だって働き蜂じゃなかった。お茶もお花も始めたのは男なのだ。狭い空間に、凝縮した無限の宇宙を組み立てる、美の世界を創る、哲学であり、思想だったはずのお茶、お花が今では根本の精神をいわないマニュアル化されたけいこ事になっている。男が多く参加していたら違ったものになっていただろう。

女同士で行動していると、話題にも限りがあって、話は堂々巡り。お互い愚痴の聞き合い傷の舐め合いで、一緒に奈落の底へ沈んでいく。最悪のパターンだ。恥ずかしげもなく、お手手繋いで一緒にお手洗いにまで行くようなこともする。用もないのにだれかが行くとくっついて行く、はやりの女子会も気がおけなくていいかもしれないが、一種の逃避といえなくもない。

男が入れば物事の感じ方も違うし、話す内容も変わってくる。女性同士は緊張しないけど、一人でも異性が入れば緊張感が生まれる。男だって女がいると緊張する。緊張感は大事だ。

夫婦でも、お互い家にいるときとは違う。家で汚い恰好でゴロゴロしていても、コンサートにでも行くとなればきれいにして行くし、この人にこんな面があったのかと発見することもある。

3章

ナチュラル・シンプルへ

アクセサリーの極意、スカーフとブローチ一つ忍ばせる

アクセサリーは、洋服の表情を変える小道具である。それによって昼の服にも、夜の服にも変化する。

私はスカーフやらブローチ一つをハンドバッグにしのばせて、夕方から出かけるための雰囲気作りをする。

昼間の堅実な服が華やかになり、気分が変わる。

アクセサリー一つで、品が悪くもなり、つけ方は実にむずかしい。

イヤリング、指輪、ネックレスと満艦飾にして似合う人もいないではないが、たいていは過剰気味、アクセサリーは、一つだけ、いつものをつける方が効果的である。でなければ何もつけない方がスッキリする。昼はスカーフ程度で、光るものはつけたくない。夜なら少し遊んでみてもいいけれど。

色のごてごてと入った服装の場合はアクセサリーがはえないし、アクセサリーを生かしたい時には、黒や紺の単色がいい。

昼のスカーフと、夜はもう少しやわらかい地で華やかな色のスカーフを長く首にまく。服装は単色が一番よく、型もオーソドックスでさりげないものがおしゃれだ。これならばまず失敗ということはない。使い方は、様々に自分で工夫すること。常識ではちょっと合わないと思える素材にパールのネックレスが意外に合ったり、その人のセンスの問題である。

いや味なのは、アクセサリーをひけらかすこと、華美で高価なものを見せびらかす。アクセサリーだけが目立つつけ方はいただけない。その人にしっくりとけこんだもの以外はやめるにこしたことはない。

スカーフは百枚お持ちなさい

おしゃれのポイントは？と聞かれたら、スカーフと答えるほど、スカーフが好きだ。かれこれ一〇〇枚近くあるだろうか。ちょっと目につくものがあると買ってしまう。値段も、それほど高くはない。ジャラジャラぶら下げるものは嫌いなので、アクセントはスカーフ、大型から、ハンカチ大の小型までさまざまある。この夏は細かい水玉の紺に赤、黒に白など、小さく巻きつけてアクセントにした。

秋になって少し大型のものに切りかえ、もう少し寒くなったら、すっぽり頭を覆って、風の強い日など防寒にも役立つ。

スカーフを頭に巻くにはさまざまな方法がある。かつてはやったものには、長方形のものを軽く巻いて肩の前後に流す「真知子巻」があった。映画「君の名は」で、岸恵子ふんする真知子の真似を私もよくしたものだ。外国ものでは何といっても、ヘプバーン。「昼下がりの情事」だったと思うが、頭にキッチリ巻いたスカーフを前で交差させ、さらに後ろへまわして結ぶのがはやった。ファッシネーション（魅惑のワルツ）とともに、その可憐さに魅せられたものだ。

このところ、映画からファッションがはやることが少なくなって寂しい。スカーフの結び方、使い方にも新しさがない。ちょっといいなと思うのは、ブラウスなどとおそろいのスカーフ。ターバン風に頭に巻いて、旅行着街着にいつでも愛用している。

宝石はさりげなく身につけないと人間が負ける

宝石は、身に付けるのと、眺めるのと両方ある。私は、自分が身に付けて人様に見せびらかす気は全くない。自分の身につけるより、見ている方が楽しい。石そのものの美しさというのがある。かといって、宝石箱から宝石を出して、ニタニタ笑ってるというのでもない。

誕生日が五月二十九日で、誕生石はエメラルド。緑という色は普段身につけない。黒とか白とかグレーとか、紺とかが土台になってる。そこへ、エメラルドの緑で一点というのは、美しい。猫が好きだから、キャッツアイも好きだ。

おしゃれは、さりげなく、というのが一番大事。宝石のように、それ自体が華やかで美しいものは、さりげなく身につけないと、人間が負けてしまう。

宝石は、一代でなくなるものではなくて、母とか祖母が持っていたというのは、それだけで意味をもつ。母は宝石が好きで、私と違って、着物の時もオパールなど、身につけた。

エジプト、ベイルートなど、中近東では、金とか時計とか、財産として全部身につける。

結婚の時の結納金としても。地中海沿岸には金座とか銀座とか金を計り売りで売っている。指輪でも透かし彫りの細工のものや、知恵の輪みたいな気軽なものを買う。金は古代エジプトから引き継がれているので、面白いものがずいぶんある。石にしても、スカラベという、虫の形をしたものとか、象形文字を彫ったものとか。人にあげても喜ばれる。ソビエトの秘宝展を日本で初めてやったとき、館長にインタビューした。女の館長で、お礼だといってくださったのが、オパールだった。真中がオパールで、まわりが唐草模様の銀細工のブローチ。私は首が長いので、いつも首に何かまくのが好きで、黒いベルベットのベルトをつけて、胸のあいたところにそのオパールのブローチをしたら、好評だった。

「おしゃれ」な人より「けじめ」のある人が美しい

電車の中で化粧をする女性が増えた。さりげなくではなく、念入りにアイラインをかき、アイシャドー、まつ毛をあげる器具まで持ち歩いている。彼女は鏡だけを見て自分の世界に浸っている。家でなら、いくらナルシストになってもいいが、全くほかの人の視線は感じないらしい。

こんな光景を外国で見たことはまずない。見かけたら異様だ。日本でも、もちろん異様なはずだが、日常になりつつある。周りは第三者ばかりだから気にならないのかと思ったら、先日恋人らしい男性と一緒に手を握って電車に乗ってきた女性が化粧箱をあけて化粧を始めた。男の方も何の違和感もなくふざけながら話している。せめて恋人の前でくらい意識しないのだろうか。

美容室もそうである。ガラス張りの道から丸見えの美容室がはやりらしい。カットの途中のぬらした髪や、パーマをかける姿が見える。知人が通りかかったら恥ずかしくないのだろうか。最初は欧米のまねだったらしいが、私の行きつけのパリに詳しい美容師の話では、欧米ではごく一部の現象だという。駅などの簡便な所で、少しの時間で髪を整える忙しい人のために始められたものだという。

過程を他人に見られても平気。私の部分をさらすことを恥と思わない。公私混同も甚だしい。

いずれもみな美しくなりたいためにやっているのだろうが、美とは全く逆のことである。けじめのないところに美は生まれない。美とは、自分への厳しさである。甘えのない自分なりのけじめである。

野球のイチロー選手やサッカーのかつての中田選手がなぜ美しいのか。決して人におもねらず自分に厳しいからだ。自分なりの美学を持って、規律をつらくとも守っているからだ。

公私の区別は守りたい。公とは仕事の部分。仕事とはしなければならないことだ。自分の姿勢を正すためになくてはならないものだ。私はずっと仕事をし、一生自分で食べていくと大学を出た時に決心した。仕事をしてきたことで、いつも自分の姿勢を立て直すことができた。

お正月海外旅行をやめる人が増え、かわりに十万から三十万もする高級料亭のおせちがあっという間に売り切れた年があった。どうなっているのか。主婦業という仕事なら、たまにはおせち料理を自分で工夫して作ってみてはどうだろう。料理は外で買ったものですませ、ブランド品を持って、昼間からテレビや雑誌で紹介されたレストランや割烹(ぽう)を食べ歩く奥様たち。主婦業という仕事をしているなら、遊び歩いて人の噂(うわさ)にうつつを抜かす暇などないはずだ。これまた公私混同である。

どこからどこまでというけじめがないのだ。自分の規律、自分への厳しさなどまるでなく、ただ流れていくだけの人生など、どんなにおしゃれをしようと、美とは程遠い。

私は管理されることが嫌いな人間だが、自分なりの規律や公私混同には厳しくありたいと思う。

シンプルに生きる◇手間いらずの料理は手抜き料理ではない

我が家ではつれあいが料理をつくる。それが趣味で楽しいのだ。私のような手先の不器用な人間が自分で作る場合は、簡単でおいしく、栄養のあるものを選ぶことになる。

まず素材に凝ることだ。新鮮な野菜や卵は現地直送で、長もちする素材は、各地からおいしいものを取り寄せて冷凍なり、保存するなりしておく。

段取りをよくするために、材料・器・調味料は何と何が必要か。料理の全体像を考えて道具をそろえてからかかる。

ちょっと手があいたら、いらないものは洗うというふうに、要領よく事を運ぶ。

もう一つは、常に応用編を考えておくこと。一つがなければ違うもので間に合わす。この前はねぎだったが、にらにしてみる。しそを使ってみる。できれば冷蔵庫を開けて、そのときあるもので作るもののイメージがわくようになりたい。

たとえば、豆腐と青野菜があったら、チャンプルーを作ってみる。チャンプルーは沖縄の家庭料理で、簡単ないためものだ。豆腐の水気をきり、ラードで塩味をつけていため、あり合わせの野菜、できればにおいの強いものを切って入れ、最後に削りぶしをかけてでき上がり。

にがうりや、高菜などで作るのだが、にらでもねぎでもいいし、野菜がないときには、塩らっきょうでもいい。それもないときは、瓶に残った甘酢のらっきょうでも結構いける。細く刻んで、ちぎった豆腐とともにいためる。

この料理にはこの材料、と思い込まずに作るところに創意工夫がある。

手間いらずの料理とは、手抜き料理のことではなく、いかに短い間に自分の持てるものを集中して、何かを創り出すかということである。料理が得意でなければそれなりの工夫をしたい。

シンプルに生きる◇リビング・ルームの神器は置かない

文化人類学者の分類によると、人間の住居と、動物の巣のちがいはどこにあるか。

それは、客を呼んで入ってもらう所があるかどうかだという。動物の巣は自分たちの住む所、暮らす所でしかない。人間の住まいは必ず客間があるという。そういえば、動物のすみかに客間があるといった話はきいたことがない。

ふりかえって、私たちの住まいはどうか。自分たちだけがやっと暮らす巣の方が多いような気がする。

日本の昔の家は玄関が立派で広く、必ず座敷があった。座敷は客室である。また農家のいろり端なども、必ずかか座、とと座の他に、客の座る場所がきまっていた。

最近の住まいはどうか。ようやく日本の住宅事情も、質の時代になって広い部屋が求められるようになったが、欧米のように、客が泊るためのベッド・ルームが別にあるという家は少ないのではないか。

欧米の二ベッド、三ベッドといういい方は、客間も含めて、ベッド・ルームがいくつあるかということだ。

日本の家屋も今はリビング・ルームと寝室、子供部屋という欧米を真似た構成になってきたけれど、リビング・ルームがいわば客をも招ける部屋というわけで、泊まれる部屋ではない。

そのリビング・ルームが狭い事はいたしかたないとして、たいていの家では道具が多すぎて空間がない。

リビング・ルームの三種の神器というのがあるそうで、一つは調律してないピアノ、次が金ピカの背表紙の百科辞典、もう一つが御主人のとってきたゴルフのカップ。

調律してないピアノは子供が小さい時に買ってきて少し弾いたが、大きくなると誰もさわりもしないので、音は狂いっぱなし。百科辞典はたいていが真新しい。ということは一度も使ったことがないということで恥ずかしいことなのだ。手垢をつけ、青線、赤線引っぱって使ってこそ、人様にみていただく場所に置いてもいいのだが。

ゴルフのカップは、さしさわりのある方が多いかもしれないが、あれはカップをもらったご本人が見て楽しいだけで他の人間が見ても決して美しいものとはいえない。

出来れば自分の部屋に飾るか、さもなければ押入れの隅に入れて時々出して楽しんでもいいと思えるのだが。

この三つ、困ったことに場所をとる。ピアノ、百科辞典のそろったの、ゴルフのいくつものカップなど。使うならもちろん置いておくにこしたことはないが、使わないならとっぱらった方がよほどすっきりする。空間が広くとれる。

無用の長物が置いてあるのは、他の家のリビング・ルームや応接間を見たらあったから、我家にもないと不安という理由が多い。

リビング・ルームなるものは、欧米から入ってきた形式だから、まだ日本では使いこなされていない。応接セットやらリビング・セットを置かないといけないと考えがちだが、少し豪華なじゅうたんの上に、大きなクッションでも置いて、物を少なく、少しでも空間を広く、家族みんながそれぞれに楽しむ場所でありたい。

客が来た時には、一緒にお茶を飲んだり話したり、リビング・ルームが寝室がわりになれば、それもいい。かつての座敷のように。

巣だけにならないように、人を招き入れる場所を家の中に考えておくと、無駄なものを置いたり、散らかしたりしなくなる。

家は自分たちのくつろぎの場であるから、それなりに使えばいいのだが、客観的な他人の目を入れることは大切だ。それによって、自分達の暮らしが律せられる。人の目を意識することが、暮らしの緊張感を与えるのだ。

シンプルに生きる◇ホームパーティは気張らず、気取らず

仕事柄海外に出かけることも多く、取材の途中、ちょっとした機会に、ごく普通の家庭に夕食に招かれたりもする。そんな時いつも感心させられるのは、その家庭なりの個性に貫かれたもてなしの巧みさである。

決して豪華な料理とか、華やかなパーティ、と言うのではなく、質素とも言える中に、心遣いがキラリと光り、暖かく客を迎えてくれる。気軽で楽しい。誰も肩肘を張らず、親しい者同志集まって楽しい時を過ごそうという共通の感情に満ちあふれている。服装も気取らない、料理も気取らない。あるのは仲間同志の陽気な笑いと暖かい手料理にワイン。ひととき、客も主人も大らかに楽しさを共有している。この気の張らない楽しさこそ、ホーム・パーティの神髄だと思う。

最近、日本でも、ホーム・パーティという言葉がよく聞かれる。しかし大抵は、パーティと聞くと改まった形で、ふだん作り慣れない手の込んだ料理を用意してお客様をお呼びするものと考え、しり込みしてしまうのが実情ではないだろうか。

私達は多分、いつの間にか横文字のパーティという言葉のイメージにとらわれて、パーティとはこうでなくては、と自分の頭の中で先入観を持ってしまっているのだと思う。型にとらわれず、もっと自由にもっと楽しく集まれば良いと思う。人間は、本来、社会的動物。親しい者同志集まって、話をして、美味しい物を食べる。こんな楽しいことが他にあるだろうか。

パーティとは言っても、クリスマスやバレンタインなどと、西洋かぶれであることはない。私達の生活を振り返ってみると、古来からなんと沢山のパーティが興味深く演出されていることか。日本人独特の季節感を取り入れた優雅な行事のかずかず――春はお花見、夏は花火、秋はお月見、冬は節分、お節句と溜息がでるほど並んでいる。その気さえあれば、パーティのきっかけは、いくらでもある。

我が家では、春になると、お花見パーティが恒例になっていた。実家の近くにある等々力不動という近在の桜の名所を利用し、花見の宴を張る。その季節になると皆待ちかねたように集まってきて、数十名を下らない。各人各様、好きなものを携えて来て、御不動様の境内に筵を敷き、その日のメインディッシュ――夜桜を肴に、大いに楽しむことになる。夏は多摩川の花火、秋はマンションの窓からの月見、冬は雪見の宴も良く、この頃は、俳句の会も催したり……、日本人らしい情緒を盛り込んだ季節感あふれる集りを持ちたいと思っている。

私は、一人でいるのが好きな反面、人が集まるのも大好きだが、固苦しいホステスというのは苦手で、我が家では集った一人一人がその人らしく楽しめればよいと思っている。料理も簡単なものが多い。基本は美味しければ良い。よく作るものに牛肉の赤ワイン漬けがある。牛肉を香味野菜と共に赤ワインに漬け三日程度寝かす。これだけである。下手な生ハムよりずっと美味しい。トロリとした美味である。料理は素材と心というのが私の信念で、大切なのはちょっとした工夫だと思っている。そしてお酒。お酒と言えば食事を楽しみながら飲める食中酒がいい。結局は日本酒とワインに限られるが、ここでこだわらないのが私の流儀。ワインは白でも赤でも、料理に合わせて使いわけたら良いと思っている。

楽しい話を肴に、構えずに、雰囲気に酔い、お酒に酔い、親しい者同志時を忘れる。あくまで自然体で、気軽にパーティを楽しむことにしている。

シンプルに生きる◇肩書きのない名刺こそ素晴らしい

初対面の挨拶がすむ。名刺をさし出す。その名刺を見ると、大体わかる。これでもかこれでもかと肩書を並べた名刺は、いただけない。自己顕示欲とものの欲しさがちらついている。自分の主たる仕事を一つ、どうしても必要なら、裏に小さく他のものを。あるいは用途別の名刺にして、肩書はシンプルがいい。

私は物書きだから、肩書がない。表の中央に名前だけ。裏に自宅と事務所の連絡先だけ。著述業と書く人もいるが、もし、作家とか詩人とか書いてあったら妙なものだ。

企業に勤める人は、役職まで書くことが必要だろうが、自由業にはその必要がない。しばられていないからこそ、自由業なのだ。

定年を迎えて退職したとする。名刺はどうするか、難しい問題である。なくたっていい。いや不便だから必要だというならどうするか。

パーティーなどで、退職した知人に会うことがある。

「今、こんなことやってまして」

とさり気なく出される名刺。退職後の仕事を書いてあることもあれば、かつての企業の部長職やら局長職そのままのものもある。

「古い名刺で申しわけないのですが……」

という言葉に、自分の仕事を誇示したい気持がありありと見える。俺はこんなに偉かったんだぞと、かつての役職が鼻先にぶら下がっている。

そんな時、私は心の中で呟く。

「それがどうした。なんぼのもんじゃ」

自ら自分の品性、人柄をさらけ出したことなのだ。仕事をやめたら、やめたでいいではないか。肩書がなければ、その人の値打ちがないというなら、肩書がない人は無になる。肩書を全てとりはずしてこそ、その人の真価が問われる。定年後こそ、しばられていた所から解放されて、本来の自由にもどって自分らしい暮らし、生き方ができるというものだ。

肩書のない名刺は、すばらしい。本来の自分にもどって自分を生きています、自分の力で精いっぱいやっていますという誇りに満ちている。

テレビ局の部長や局長を定年退職した人に会った。

一人は鎌倉で植木屋をしている。テレビ番組制作の取材中、著名な宮大工に、木のすばらしさを学んだ。木の魅力をつきつめるべく定年後植木屋になった。1年間の弟子入りの後、今では地域の人に植木のことを教えながら生き生きと暮らしている。その発想と行動力に頭が下がる。

一人は、新聞配達を始めた。早寝早起きで、すっかり健康になった。今では、販売店を経営し、「収入だって今の方があるかも」と言う。いずれも、名刺に肩書はないが、立派に自分を生き、地域社会に根ざして暮らしている。発想をかえてもっと自由に生きたい。

「不良老年のすすめ」（集英社文庫）という本を書いたことがある。不良とは、企業や家にしばられない自由な生き方をさす。子供の頃、学校や規則にしばられず、敢然と反抗する不良に憧れた。憧れただけで自分はできなかったが、もういい。自分をしばるものから解放されて老後を生きる。肩書をはずして自由に生きることこそ不良老年の条件である。

①結婚のお祝いも……花嫁に贈るユーモラスな「涙つぼ」

結婚祝いは、結婚式よりも前にするもの。早めにすませたい。

実用的なものを贈るときは、相手に何がほしいかを確かめてから、また、ごく親しいともだちの結婚祝いには、女同士にしかわからない、そしてユーモアのあるものを工夫してあげよう。たとえば、つらいこと、悲しいことのあったときのための「涙つぼ」などいかが。

小さな秤量ビンを三つ求め、好きな色の絵具でイラストを、ビンの表面にかく。ひとつは男性の絵、もうひとつはこどもの絵。あとのひとつにはお年寄りの絵などをかいておき、それぞれ夫のこと、子どものことなどで、悲しいことがあった時の涙を入れるためのものと書いておく。そうすれば悲しいとき、それを取出してながめているうちに、ユーモラスな思いつきにいつか涙は晴れ、グチをこばしたり、ヒステリックにならずにすむ。

②ロングスカートの知恵……冬の夜を暖かく楽しく暮すために

どこの家庭でも畳よりイスの生活が多くなった。とくに主婦の仕事場、台所は立って用を足さねばならない。立つ生活、イスにすわる生活はどうしても冬は足が冷える。いくら暖房しておいても、暖かい空気は上に昇るので足元は冷たい。そこで家にいる時は、パンツかすそまでのロングスカートをはきたいものだ。

キルティングでも、毛糸で編んでもいいが、余り毛糸を利用して、ひまな時に花の形のモチーフをいくつも編んでおく。これなら編棒や、毛糸をかかえる必要もない。大きめのハンドバッグなら、かぎ編棒と少しの毛糸で、電車を待つ時間、おしゃべりの間、どこにいてもできる。二、三色使いや配色よくモチーフを編み、たまったところで一枚につないでロングスカートにする。

暖かいし手仕事の味がして冬は格別、こどもとペアにしてもよい。ちょっと優雅な気分にもひたれる。赤ちゃんを産んだばかりのママにプレゼントしてもしゃれている。

③うちわの飾り付け……ポップアート的に作りかえたら

どこの家庭にも、古くなったうちわがあるはず。以前はお中元に商店でよくくれた。これをそのまま使ったのではいかさない。そこで新しい感覚でポップアート的なうちわに作りかえてはどうだろう。

古くなったうちわに張った紙を全部はぎ取り、骨だけにする。紙をはぎとる前にあらかじめ、原型のうちわの輪郭を型紙に取っておく。その型紙をもとに、新しく張る紙に輪郭を書く。紙は和紙でもいいし、洋紙でもよい。その輪郭の中に好きな模様をつける。横尾忠則のイラストでもいいし、張絵でも写真でも、また、自分で描いてもいい。色彩は鮮やかに、現代風にいきたい。雑誌などから切りぬいたものでも上手に組合わせて個性を出そう。

糊は市販のものをうすめて骨につけ、紙につけないこと。張合わせたうちわの縁どりは、5ミリ幅の和紙にする。ジーンズの腰にさし野外のロック大会に行けばイキで、また蚊を追うのにも役立つ。

④御歳暮もひと知恵……感謝の意を表わすカードを添えて

お歳暮のシーズン。デパートへ、もらった品物を取替えに来る人が多いという。洋酒や紅茶が洋服に化けることもしばしば。

お歳暮は、贈り主の心がこもっていることを形に表わすことが必要だ。品物だけでなく、必ずいっしょに手紙をそえる。筆で書ける人は、その方が効果的だが、短冊や色紙に俳句や和歌を書いてもいい。もし適当な言葉が見つからない時は、ユーモアのあふれた言葉を書いたカードをみつけること。さまざまなデザインの、さまざまな場合の言葉を書いたカードがあるから、選んで贈り物にそえるといい。言葉を上手に活用したい。

　言葉以外では、自分の手をどこかに加えることだ。たとえば商品の組合せは自分で考える。タオル、石けんに加え、爪ブラシ、七つ道具、マニキュアなどまで自分で選び、ワンセットとして贈る。お風呂の道具なども同じ色に統一して贈ると喜ばれる。

⑤俳画は構えず……簡略に楽しむ

　雪の降る日など、こたつに入って筆を握り、さっと描きあげる俳画をすすめたい。墨や絵具の線や、にじんだ美しさを自分なりに楽しめばよい。

　俳画といっても俳句と結びつけてむずかしく考えず、親しみやすい絵、いちばん身近で、入りやすい絵という意味にとりたい。のどかな気持で筆の運び、墨の濃淡を牛かして、実物を見ながら描いてみる。

　用意するものは、筆（使い古した毛先の柔らかいもの）、墨（ありあわせでもいいが青墨が最適）、紙（障子紙か好みの和紙）、絵具（水彩絵具）、文鎮、筆洗い、皿、筆拭い、硯、下敷き。

素材は面白いものを選ぶ。リンゴでも形の良いものよりなるべくまずそうな曲ったもののほうが平凡にならない。デリシャスよりインドリンゴのほうが形が面白い。

今頃なら、椿、紙雛、春蘭など墨に少し色を加えただけで、春への期待を抱かせる。

⑥花火はささやかに……線香花火のホーム花火大会を

軽井沢の山荘で、花火の音を聞いた。窓をあけると冷気と共に、枯れ木の間から赤や黄の色がはじけた。冬の始まりの花火だ。昔阿寒湖で見た冬の花火を思い出した。

花火は季節を選ばない。我家では八月、小さな花火大会を開く。物書きの友人に大作家もまじってベランダで線香花火の時間を競う。子供達が泊まった日は好きな花火を選ばせるため花火を絶やさない。

⑦果実酒も自家製で……パーティーに出すマイ果実酒もおすすめ

忘年会、クリスマスと、人の集まる機会がふえる十二月、簡単に家庭でできる飲み物を工夫してみたい。果物の皮だけを使った、果実酒はいかが。

材料は、ミカン、レモン、リンゴなどなんでもいい。

ミカンの皮はむく前によく洗っておいて、ショウチュウとたくさんの砂糖につけこむ。十日くらいたつと、すばらしい香りの酒と、おいしい砂糖づけの皮ができあがる。

レモンも汁をしぼったあと、皮の内側に残った袋のカスを取り、ミカンの皮と同じ方法でつけこんでおくと、いろいろに利用できる。

リンゴの皮も同様に。こうした果物の皮はショウチュウの味をすばらしいものにしてくれる。

友だちが集まったパーティーで、自家製の果実酒をタンサン水やレモンジュースで割って飲む楽しさは格別である。

諸物価高騰の折、果実の皮を捨てずにじょうずに使いたいものだ。

⑧手作りスタンドもひと役……金網を利用したムードある照明

秋の夜長、読書にふけるにも絶好の季節。せっかくなら、ありふれた市販のスタンドや蛍光灯ではつまらない。金網の繊細さを生かして、自分でムード照明を工夫してみてはいかが？

金網には細かい目のもの荒いもの、また素材によってそれぞれ違ったメカニックな美しさがある。網目が三ミリ角の亜鉛メッキをした金網と一ミリ角のシンチュウの金網を、好みの大きさだけ買ってくる。シンチュウのものを外側に大きく、亜鉛メッキのものを内側に小さく、それぞれ円筒型にして二重にする。どちらの円筒も、上部の四、五センチを横糸だけを抜いて、縦糸だけが無造作に残るようにする。アルミ板に電球をとりつけて、二重にした金網を上からかぶせ固定させる。

金網のもつ煙ったような美しさ、二重になった目を通してもれてくる柔らかい光、読書だけでなく、好きな人との語らいにもムード満点、金網をさまざまに自分で工夫し、形をかえてみるとよい。

⑨元祖手作りびな……紙粘土でおひなさまを作ろう

デパートなどには豪華なひなや団地サイズのひなが並んでいるが、初節句を迎える子どものために、出来はわるくても母の手づくりのおひなさまはいかが?

もともとは紙びなが起源。和紙を使ったすわりびな。紙粘土、和紙、ニカワ、画用紙、絵具、のり、竹ベラ、筆その他を用意し、紙粘土で顔、胴、冠などは、別々につくる。胴は竹べラで丸みをつけて衣服を重ねた感じに。竹べラで紙粘土をよく整えること。

十分にかわいたら、和紙を一、二センチ角に折って、手でその大きさにちぎり、四枚重ねに張る。一枚目は普通ののり、二枚目からは、ふのりで。

顔や頭は絵具と墨で描く。着物、袴は好きな色の和紙で張る。墨や絵具のにじみ、紙のけば立ちを押えるためにはニカワ液をぬってかわかす。

針金、接着剤で頭、胴、冠をつなぎ、画用紙を使った台紙に固定する。扇や笏を工夫したら、いっそうはなやかさを増すだろう。

⑩素人ペンキぬり……ハケは最初に横、二度目は縦に

五月の明るい光にふさわしく、はげかけた窓わく、古くなった机、イスなどをペンキでぬりかえてみよう。色は白またはうす色が無難。色物より白は清潔だし涼し気でどの色に

も合う。

スプレー式の塗料は扱いにくいので、素人には無理。コストも高いので、ハケでぬる方が安全である。ぬり方は木目にそってぬるか、木目のないときは、最初は横にハケを動かし、二度目は縦にハケを動かすことを原則に。

ペンキぬりのブラシはあまり使わないので、毛が固まりやすい。使ったら塗料シンナーでブラシを洗い、きれいな水の入ったビンにつけておくと常にやわらかい。使わないでいたペンキはふたをあけると上にシンナー、下がペンキと分離しているので、使う前に割りばしでかきまわさなければならない。ペンキを使ってからふたをする前に、二個のビー玉を中に入れておき、使う前にシェーカーのようにカンを振ると、シンナーとペンキがまざるので便利だ。

⑪スクラップ日記……自分自身の夏の思い出のために

夏休みも終り、宿題も一段落。学校の義務ではないが、自分のための夏の思い出を整理してみたい。

スクラップブックを一冊買ってくる。夏のあいだ訪れたところの絵葉書をはり、その下に言葉をそえる。三行か四行の短いものでよい。最も印象深かったことを書きたい。できれば子どものそばに大人の感想も加えよう。俳句や短歌でもよい。

絵葉書のかわりに自分でイラストを書いてもよい。また、山でつんだ名もしれぬ草や花を押花にしてはりつける。押花は、大人がきれいに作る要領を教えてあげよう。

その他マッチ、宿の箸袋、何でも記念のものをはっておこう。両親から宿の領収書をもらってはっておくと、来年の夏休みと、物価の値上がりがわかって、社会勉強にもなる。

どこにも行かなかった人は、行きたかったところの絵葉書に、自分の夢をかきそえたい。

その年の夏のしおりが一冊できあがる。

⑫最高の贈り物……母の日には品物よりも言葉を

五月の第二日曜は母の日。母への贈り物は、買うよりも手間をかけて手作りのものを。てのひらにのるくらいの小さな千代紙の箱に、母の好きな歌、自分のすきな詩、母に贈る言葉などを小さな美しいはぎれにかいて一杯詰めてあげてはどうだろう。詩集とか歌集とか題をつけて。

まず、入れものの箱をつくるために空箱のふたに千代紙をはる。フタの表にタイトルを書いた和紙を張り、裏に母の名前と自分の名前を書いた和紙をはる。

和紙に詩や歌を書き、はぎれにはりつける。色どりの美しい布を選んで。布切れとそこに書いてはる詩や歌との調和をよく考えることが大切。

小箱をあけたとたんにハラリとこぼれる美しい色そしてそこに書かれた文字、一語一語が心に残る贈り物になる。中に入れる詩や歌を書いた布の数は、七枚くらいが適当。一枚一枚丹念に心をこめて。母には品物よりも子どもからの言葉が最高の贈り物なのだ。

⑬ろうけつ染めTシャツ……はやりのチョウを自分で染める

パピヨン（チョウ）というあだ名を持つ大泥棒が脱獄して、「自分は無実だ」と記者会見、手記まで発表して大へんな人気だったとか。これがパピヨンブームに油を注ぎ、今やアクセサリーをはじめファッション界はさまざまなチョウが飛びかう季節。

自分で染めた独創的なTシャツで町をとびまわってみては？　昨年はやった絞り染より

も簡単なのがろうけつ染。

市販の綿シャツに〝ごじる〟(大豆を一晩ふやかし、すり鉢でこした白い汁)をハケでぬる。乾いたところへチョウの下絵を書き、白くぬきたい部分にはろうをぬる。ろうけつ染用のろうをあきカンに入れ、火でとかして使う。パリパリになるまで乾かし、ひび割れを入れる。このひびわれがろうけつ染の味。

ろうの上から布全体を好みの色にぬり、ろうをはがす。ひび割れから色がしみこんで、幻のチョウが染めあがる。最後に煮るか蒸すかして、よく乾かして出来上り。

⑭スクラップの効用……思い出の品としての新聞

十月二十日から二十六日までは新聞週間。毎日読んだ新聞はそのままチリ紙交換かクズかごに捨去られる運命にある。

だが、新聞ほど多くの知恵が集められたものも他にはない。毎日、スクラップしておくと思いがけないすてきな記念になることが多い。また、項目別に、たとえばファッション記事ならそればかり集めれば、小さな最新ファッションブックが出来、連載小説を切抜いて、あとで自家製の表紙をつければ、本屋にはない、楽しい小冊子が出来上がる。マンガでもいい。

毎日捨てる前に、いちばん自分の気にいった部分を切りとって残しておき、たまると大そう面白いものになる。その日の記事中、最も印象的なものでもよい。後でみると、その時の自分が何に興味をもっていたかがわかり、よい記念になる。

大島渚監督は、パリで撮影中、誕生日の古い新聞を贈られて感動したという。

⑮ペットも住人……わが家のペットに手製の首輪を

わが家のペットの毛を染めたり、チャンチャンコを着せるのは夢中でやる人でも、意外にペットの首輪には無頓着。市販のもので、色がどぎつくても、少し大きすぎても間に合わせている。

それならいっそ自分で首輪を作ってはいかが。たとえば茶とブルーの皮で。幅二センチ、長さ三十センチ、裏につける皮、幅二センチ、長さ二十五センチ、それにとめ金具を用意する。茶、青の皮を四角または三角、好みの形に切って、土台にする皮に接着剤で張合わせて、両端にとめ金具をつける。

うまいとめ金具がない場合は、革製品をあつかう店に頼んでみよう。色もペットに似合うものを。すぐ汚すのでいくつも作って変えてやってもいい。手作りの首輪をしたペットは、いかにもわが家の住人にみえる。

どこの犬か、飼主の名と電話番号は首輪に彫るか書くかしておきたい。行方不明になったときの用心のためにも。

4章

本物の自分づくり

聞き下手は話し上手になれない

最近は、テレビやラジオの影響で、自分の意見を言える人が多くなった。喋り上手になったといえる。

それとは逆に、人の話を聞くのが下手になったことも事実だ。聞き下手が増えた。ということは、他人の話をきくゆとりや思いやりのなくなったことをあらわしている。

ほんとうの話し上手とは、自分が喋るのではなく、他人に気持よく話させてあげることだ。

聞き上手の人は感じがいい。特に女性の場合、耳を傾ける姿は美しい。ゆとりをもって他人の話がきける人になって欲しい。

道一杯にひろがりながら我先にと、話しながら歩いている女性はちっとも美しくない。どうか人の話のきけるゆとりのある人になって欲しい。自分が自分がと言うなら、他人の自我も認めてあげるゆとりが必要だ。

言葉づかいといっても、堅くるしく考える必要はない。日常使っている言葉でいいから、やたらに流行語を使うかわりに、もう少し感受性のある言葉づかいが欲しい。

「すっごく」だの、「ものすごく」だの形容するなら、他に具体的でイメージのある表現がないかどうか考えてみて欲しい。自分なりのみずみずしい表現をみつけること。それがあなたの魅力になる。

もう一つ、敬語の使い方に気をつける。ばかていねいになる必要はないから、基本的な線だけは、きっちり覚えておくこと。

あいさつは、はっきり、心を開いて声に出す、こうしたちょっとの工夫でどんなに感じがちがうかわからない。

いくらファッショナブルで、美しく化粧していても口をきいたとたんに幻滅ということにならぬよう、言葉は、自己表現であり、自分自身がいやおうなく現われることを忘れないでいただきたい。

沈黙はこわくない

徳川夢声（とくがわむせい）という語りの名手がいた。若い人は知らないかもしれないが、「間（ま）」の芸術家といわれた。話もばつぐんに面白かったが、喋りまくるのではなく、言葉と言葉の間で、人々を惹きつけた。間、すなわち言葉のない空間が、効果的に使われた。

今のお笑い系のタレントの話し方は、一方的に喋るだけで間がない。聞いている時は、面白いかもしれないが、何も残らない。後で思い出そうとしても出てこない。

スムーズに言葉の流れない訥弁であっても、自分の気持を確かめながら、考えつつ話すと、相手の心に言葉がすとんと落ちて残る。それが人と人との信頼感にもつながる。調子のいいお喋りより、そのほうが大切だと思う。

前でも触れたが、早稲田大学の学生だった頃、大隈講堂で、初夏になると「緑の詩祭」という催しがあり、詩が好きだった私は必ず出席した。ある年、作家で詩人でもある佐藤春夫が自作の詩を朗読し、講演をした。

訥々として、間のあく話し方で、次の言葉の出てくるまで、イライラしつつ待たされる。だが詩人が自分の言葉を探している間につきあって、一語一語が心に残った。今でもその情況を思い出すことが出来ることを考えると、すばらしい朗読と講演だった。

かつて大平正芳元首相は、選挙演説中に倒れて亡くなった。この大平さんは訥弁で、話の中に「あー」とか「うー」とか、間があく所から「あーうー大臣」といわれ、「あいうえお」

が全部入るから「あいうえお大臣」ともいわれた。

だが私は話の下手な人とは思わなかった。たいへんな聞かせ上手と思ったものだ。立て板に水の人の話なら、聞いているほうがいいかげんに聞いていても勝手に喋っている。間のあく人は、聞き手がイライラしながらも、そっぽを向くわけにいかず、つい耳を傾ける責任を感じてしまう。大平元首相は典型的で、わざと間をあけて訥弁にしているのではと疑ったりした。

インタビューのこつは、相手の話をよく聞くこと。その中から疑問に思うことや、自分の考えをぶつけること。多少間があいても、相手の話の意味をよく考えること。打てば響くように言葉を返すだけが能ではない。

それどころか、相手が喋らない場合、じっと間をあけて待つことが必要だ。

間がこわくてすぐ喋ってしまうインタビュアーがいるが、これではいい話は聞けない。相手が喋るまでじっと待っていると、思わぬ本音が聞ける。会話にとって間は大切だ。日常会話でももちろんである。タレントばりの速射砲が受ける時代は、軽薄で、物を考えない、心の通いあわない時代だ。

私は、講演をすることも多いが、聴衆が聞いていないなとか飽きたかなと思うと、突然黙る。同じリズムで話している人と眠っている人は眠り続け、隣と私語をしている人はそれに耽る。そんな時はリズムを切るのだ。突然黙ると、「おやどうしたのだろう?」と目をあけ、お喋りをやめてこちらを見る。「言うことを忘れたか」とか「突然倒れる病でもあるのか」と聴衆は心配してくれるのだ。しばしの静寂を見定めた上で、やおら次の話題に移ると、しばらくは新鮮な気持で聞いてもらえる。間の効用である。

　言葉をあせってはいけない。人前で話す時も、日常会話でも、間をとりながらゆっくり考えればいい。

「何か話さなくては」とか「言葉が続かないと、つまらない人と思われないかしら」という不安や強迫観念に駆られると、間が死んでしまう。考えている間は生きている、と自信をもって自分に問いかけ、言葉を探そう。今考えていることに、一番ぴったりした言葉を。

「すごく暑い」というよりも、しばらく考えて、「私のシャツの背中、走ってきたら汗で地図が出来ちゃった」というほうが、暑さを表現出来る。その間は生きていて、考えた上で発せられた言葉は、人の心に残る。

「沈黙のない会話」を心がけてはいけない。「沈黙は金」、生きた間だと考えて欲しい。

三島由紀夫の短篇「雨のなかの噴水」は、「別れよう」と少女に言うためにだけ饒舌をつくす少年に、少女が「聞こえなかったわ」と言う。雨と噴水のために肝心の言葉は伝わっていなかったのだ。私の大好きな短篇である。

テーブルマナーは楽しい会話のためにある

テーブル・マナーというと、とかく堅苦しく考え勝ちである。そのために、かえって食事がまずくなったり、テーブルにつくことが苦痛になったりする。

テーブル・マナーというのは、もともと食事をおいしく食べるために作られたものなのだから、楽しくおいしく食べることが第一。

そのためには、楽しい会話を心がけること。日本では、お喋りをしないのが食事中のマナーとされたこともあったが、今では、お喋りは食事をおいしくさせる潤滑油。小さい時から、食事時だけは家族が集って喋る習慣をつけたい。黙々としてテレビを見ながら食事というのでは、恋人といざ食事で会話をみつけようにも、うまくはいかない。

話題にするのは、不愉快なこと、いやなこと、悲惨なことは避けて、笑いをさそうユーモアのある会話を心がけたい。

音をたてて物を食べないこと、そばなどは別だが、洋食の場合、ぺちゃぺちゃと音をたててスープをのみ、物を噛む人をみると、食欲がそがれてしまう。

スープなどは、さじを両唇ではさむようにして口をつむったまま流し込むと音がしない。スープは飲むのではなく食べるのだ。

食事中は、よほどのことのない限り席を立たないこと。電話などは、一通り食事がすんだ時にして欲しい。少しでも急ぐ時は、デザートに移る前、切れ目にすること。

食事がすんでトイレに立つタイミングもむずかしい。トイレとは言わずに、「ちょっと電話を」と嘘でもいいからいって席を立つ。相手の話の腰を折らぬよう一段落したところで。帰ってきて席についたら、「失礼しました」といって、自分から話題をみつけて間のあいた気まずさを救う努力を心がけたい。

美しい挨拶はその人を光らせる――5センス

1 あなたの意志を伝える方法

〝挨拶(あいさつ)〟なんて、あらたまると、かたくるしいが

〝おはよう〟

〝さようなら〟

〝こんばんわ〟

空気を吸う様に、なにげなく使っている言葉もそもその始まりは、何とか自分の意志を相手に伝えようという、必死の気持だったと思う。

言葉のないころ、人は身ぶり、手ぶりで、相手に自分の気持ちを伝えていた。

ためしにあなたの男友達にパントマイムで、話してみる。ちゃめっぽく〝私はあなたが好き！〟と。

2 〝さようなら〟の言い方

〝サヨナラ……〟悲しい時、心がはずんでいる時、声の調子がちがう。〝さようなら〟という言葉にはその時どきの表情や個性がある。

寺山修司さんの、〝さよならの城〟（新書館）という素敵な本のなかには〝さようなら〟のいろんな言い方が、詩的に描かれている。それから、歌にもたくさん出てくる。

〝さよならのあとで〟

〝さようならは五つのひらがな〟

〝さよならはダンスのあとで〟

――むかし、私の恋人が、別れる時、いつも〝さよなら〟と言った。そのたびに、もう会えないような気がして胸がつぶれそうだった。だから、私はこの言葉を使わない。

3 〝いいえ〟の言える人になろう

挨拶の基本は、〝はい〟と〝いいえ〟。小さい子でも言えるはずなのに〝うん〟とか〝ええ〟とか。

〝はい〟という言葉は、まだ言いやすい。相手に同意を示す言葉だから。

〝いいえ〟は、相手にうなずけない理由、べつの意見がある時だから、言いにくい。〝イエス・マン〟はだれのいうことでも聞いて、自分の意見がない人のこと。つまり〝はい〟はだれにでも言いやすい。だから、ちゃんと〝いいえ〟の言える人になってほしい。

4 〝ありがとう!〟のたいせつさ

〝サンキュー〟〝メルシー〟〝グラーチェ〟〝グラシアス〟〝スパシーボ〟

みんなありがとう。

外国人は、よく〝ありがとう〟という。それは、社交が上手だということ。〝ありがとう〟のひとことが、ごくしぜんに、なにげなく使える——これは、意外にむずかしいことだ。

〝何もしてもらわないのに、ありがとうなんて、ナンセンス〟

理屈は、いわないで、ともかく〝ありがとう〟と。

5 〝コックリさん〟になってみない?

教室で、こんな実験を、してみる。先生の話のなかで、あなたも、そうだなと思うことがあったら、そこで大きく、うなずく。

クラス会で、好意を持っている男の子が、意見をのべているとき、同感だったら、その子の顔をじっと見て、大きくこっくりしてみる。

そうすると先生やその男の子は、あなたのほうを見て話し始める。

うなずくのも、挨拶の一つ。

大学生の時、中学校へ教えに行ったことがある。私の話にうなずいてくれるとどうしても、目がそっちにいく。自分の意志が通じたと思うから。

あなたの魅力をつくる新しい年の心がまえ――7センス

1　人に会ったら、にっこり挨拶

だれに会っても、知らぬふり。挨拶するときは、そっぽを向いたまま――。

〝何となく、てれくさい!〟というのは、わかるが、〝感じのわるい娘だな〟と思われる。

人に会ったら、こちらから〝おはようございます!〟

相手の顔を見て、明るく、大きな声で。

明るい表情や、笑顔は、伝染するものだから、相手も、かならず答えてくれるはず。

おたがいに、気分がよくなるし、〝挨拶をしないのは幽霊と泥棒だけだ〟という言葉を、忘れないで欲しい。

2　日記をつける習慣のメリット

毎年、ことしからは日記をつけよう!　と思う人、なぜ日記を書こうと思ったのか。

①1日の自分の生活を反省するため
②人に話せないことを日記に書いて、心を慰めるため
③生活記録として
④文章の練習として……など。
日記をつけるいちばんの理由は、自分の精神的な歴史を残すということ。

一つのことに対する考え方も、去年と今年では違う。その心、考え方の進歩が、精神の歴史になる。

3　あなたの魅力をつくるコツ

〝ことしは、これでいこう〟と、セールス・ポイントをきめること。
たとえば――
ヘアスタイルは〝おさげ〟で、個性的に。
服装は、セーターとスカート中心。
性格は〝明るさ〟を忘れないようにしよう――。と、いうように。
そして、そのポイントだけは、完全にするように、努力する。

1年間、続ければ、それが、あなたの個性になるし――少なくとも他人はそう思うようになる。

4 今年こそ〝やめたいこと〟

ことしこそやめたいことのナンバーワンはうわさ話。前でも言ったが、女性の一生のオシャベリのうち1／3がうわさ話、1／3が異性のこと、1／3が必要なこと！ いかに無駄なオシャベリが多いことか。

なかでも人のうわさ話はあなたの品性が疑われる。悪口はぜったいにやめること。悪口を言うのは、ライバル意識や嫉妬心がある証拠。

イヤだなッと思っている人とも一度、話し合ってみる努力が必要。

5 〝むずかしい〟ことをやってみよう！

ちょっと、むずかしいな。

そんなことをひとつ、年の始めだから、思いきって、やってみる。

本格的な文学書を一冊、じっくり、読んでみる。

ノーベル賞を受賞した、川端康成のもの。大江健三郎、カフカ、ドストエフスキー、何でもOK。

色々な悩み、わけがわからないけどもやもやした気持――そんなものに、ほんとうに答えてくれるのは文学書のはずだ。

ウサばらしをしたり、友だちに相談したり、簡単に答えを求めすぎないでほしい。

6 もう一度〝自分〟を観察してみよう

恥ずかしいと、すぐ爪をかんだり、てれると舌をだしたり、〝無くて七くせ、あって四十八くせ〟という言葉、知ってるだろうか。

自分のくせを全部知るだけでもたいへんだ。

まして、性格や考え方など、自分のことをすべて知るのは、とてもむずかしい。

一生かかっても、できないかもしれない。

だからこそ、たいせつなこと。

〝いったいあたしは、どういう人かしら〟を知る。

7 目的貯金のすすめ

お年玉は？
1ヵ月のおこづかいは？
貯金はある？
〝何となく毎月、なくなっちゃう〟
〝何となく貯金している〟
というのではなく、
〝好きなCDを買うため〟
〝九州旅行に行くため〟
など、目的をきめて、貯金してほしい。
一度にパッと、はでに使ってみる。
ふだん買えないものを買ったり、できないことをしたり……。

社会人の心得るべきこと――9センス

1　女性が仕事でひとり立ちするには

女性のひとり立ちについて考えてみたい。もちろん気持のうえでしっかりしたものを持つ事は当然だが、日常のささいな事一つ一つを自分で考え、選んでいかなければいけないし、行動にあらわさなければならない。

提案したいのは、まずひとり歩きをすること。女性は小さい時から連なって歩く癖がついている。学生時代、友達同志道一杯に連なって歩く。社会人になっても女性同志ぺちゃくちゃ喋りながら連なってはいないか。

身近な例は、トイレに行く時まで友達を誘っていかないだろうか。誘われた方もついていく。連なる事で安心している。誰かがいる事で安心しているのでは、いつまでたってもひとり立ちが出来ない。危ない夜道などを除いてひとりで歩く、自分の時間を持つ事が大事。人を頼りにせず自分で判断する事が必要だ。

自分の意見をいう前に人を気にする人。隣の人の顔をみたり、「私も同じです」などと、心の中では違う事を考えているのに「同じ」になってしまう。

人に同化する事で安心する。自分自身の事まで他人の意見できめてしまったり、無責任もはなはだしい。

女が悪いというよりも、女の育ち方、環境の中から身についてしまったもので。自分の中にある、そうしたものを一つ一つ取り除く努力をしなければいけない。

他人と一緒にいて他人をあてにする、こんなラクな事はない。自分で考え自分で判断し、自分の意見をいう事はしんどい。

本当に仕事の上でも日常生活でもひとり立ちしたいと思うなら、連なる癖をやめ、自分の非は甘えてごまかすのではなく厳しくうけとめ、自分の意見をいうように努力する。自然に仕事に責任を持てる女性として認められ、仕事を任せてもらえるようになるに違いない。

2 お茶は心をこめてていねいに

家では何気なく入れているお茶も、職場で改めてとなると緊張する。〝心をこめて、ていねいに〟、と心がける。お湯がわいたら熱湯のままでなく少しさます。お茶の葉は出がらしになっていないか。古い葉はすてて。そのままの上に次々と新しい葉を加えたりしないように。

茶わんはきれいだろうか。よく拭いて一度出来ればお湯を入れて暖める。次にきゅうすに湯を入れ、ふたをしてちょっと置き、湯で暖めた茶わんにそそぐ。ほんの少しの注意でお茶はおいしくなったり、色だけのお茶になる。

お盆にのせたら必ず両手で持つ。かつては、食物に自分の息のかからぬよう鼻より上に持つ様にいわれたものだ。

お客様に差し出す時も、いったんお盆をそばの机に置いて、両手で茶わんを差し出す。お菓子でも他の飲み物でも片手ですますのはいかにも片手間という感じがする。

紅茶、コーヒーなど、会社の食堂や近くの喫茶店からとる場合は、よく注意してから出す。紅茶が受け皿にこぼれていないか。スプーンの位置は、カップの手前に、取っ手は右になっているか。

こんな細かい事が印象につながる。

3　言葉づかいのけじめ

誰でも社会がかわるととまどってしまう。何を話題にしているのか、どう答えたらいいのか、自然にと思えば思うほどうまくいかない。マンネリになって馴れ切ってしまうよりも、真剣に考えている時代の方が新鮮だ。

最低条件は、「ハイ」と「イイエ」をはっきり言うこと。

「わかりましたか」といわれたら、「ハイ」、わからない時は、「イイエ」とはいいにくいのだが、もう一度、確かめる。知ったかぶりは事故のもとである。

一番困るのはわかっているのかわかっていないのかがわからない場合だ。ハイなのかイイエなのか、黙っている人がいるが、相手を不安にさせ、失礼にあたる。はっきりと声に出して答えるようにしよう。しっかり返事をすることは、自分自身を確認することでもある。

それともう一つ、1日の仕事に折り目筋目をつける意味でもハッキリと、あいさつをするくせをつけよう。

「おはようございます」「さようなら」「ありがとうございます」も心もち大きな声で話してみる。

おはようございますと気持よく言えた日は、すっきり仕事に入れる。口の中で蚊のなくような声でいったのでは気持も晴れない。声を出すという事は生理的なもので、しっかり、ハッキリ出す事によって気分がふっきれるもの。

かつてアナウンサーをしていたときに、憂うつな日ほどはっきりしっかり声を出していると、気分爽快になるということを身をもって感じた。

感謝の気持をあらわす「ありがとうございました」も忘れてはならない。この言葉を口にすることで相手への思いやりや余裕が生まれ、暖かい人間関係が生まれる。

早目に仕事を終って帰る時や、残業の人がいる時には、きちんと「お先に失礼します」というようにしよう。いつ来たのか、いつ帰ったのか、わからぬようなあいさつしかできないのでは、いつまでも仕事をする姿勢、積極的な態度は生まれてこないものだ。

4　面倒な敬語の簡単な法則

敬語の使い方ほど面倒なものはない。間違うと非常識だと思われかねないし、失礼にあたる。

学校時代に習った敬語の法則をもう一度、思い出してみる。

敬語には、大きくわけて、謙譲語、尊敬語、ていねい語の三つがある。

謙譲語は、自分や自分の身のまわりのことを話す時に、へりくだった言い方をする場合、外部の人や、上司に対して自分やそのまわりのことを話す時は謙譲語で。特に外部の人に対し、会社の中の人のことを話す時は、たとえ上司であれ、「課長がただ今おうかがいします」というべき。

尊敬語は、相手や相手のまわりのことにつけることば。「おいでくださる」「お飲みになる」「いらっしゃる」「なさる」「召しあがる」など。

ていねい語は、「お」や「ご」「み」を頭につける。あるいは「ございます」といった言い方で。

やたらに「お」や「ご」をつけるのはかえってこっけい。「おビール」「おこたつ」などは不必要、必要最小限に「お」や「ご」を使う方が、スマートだ。

敬語のまちがいは、ちょっと考えれば間違わないですむ。

人と話していて、

「私も、おたくの社長をよくご存知です」

喫茶店で

「おコーヒーをいただきますか？」

などという例は、間違いであることは当然。

正しくは、「私も、おたくの社長をよく存じあげています」であり、「コーヒーを召しあがりますか?」であることはいうまでもない。

敬語の使い方は、何が恐ろしいかといえば、ふだんから使い慣れていると、間違っていることに気づかない点だ。いつも気をつけて間違っていないか、おかしくないか気をつける。わからなくなったら信頼できる先輩に、正しいかどうか、どういえばいいのか、相談すること。くれぐれも敬語の使い方で非常識だと思われないように。

5 得意先のお宅を訪問するときの心くばり

自分の意志に反して思わぬ失礼を相手にしてしまう場合がある。ちょっとした事で誠意がそこなわれるなど残念なこと。それには常に相手の身になって考える事、思いやりの気持が大切。

人を訪問する場合、まず前もって相手の都合をきいて、時間をハッキリ何時ときめよう。日本人はリザーブの習慣が少なく、前もって言うのは失礼という考え方もあったようだが、よほど親しい間柄以外は、電話で相手方の都合を確かめよう。

約束をしたら、時刻には決して遅れない事。十五分も二十分も遅れたのでは、一時間の約束が半分になってしまう。それに相手のスケジュールを狂わせいらいらさせて、まとまる話もまとまらない。理想的なのは五分前に到着して案内をこう事。遅れなければそれでいいと思って、早く到着しすぎる人がいるが、これもよくない。

二十分も三十分も早く着いてしまっては、迷惑である。早く着いた人を待たせてはと気を使わせる事になるからだ。

個人の家を訪問する時など、前の客がまだいて、早く来た客に待っていただく場所にも苦労することがあるし、早くついたら、そのあたりをブラブラひとまわりしてくるか、駅前の喫茶店で時間をつぶすかして欲しい。

パーティーなどの場合には、準備の事も考え早くつきすぎないようむしろ五分遅れ位の方がいいこともある。

退出の時間は、予定の時間内でてぎわよく話をして、ひきあげる事、自分が遅れた場合は自分の責任で、終りだけは守る。もしどうしても時間がもっと欲しい時には、「お約束の時間がきましたが……」、と相手方の事情をうかがってもし許すなら続けて、時間がないならまたあらためてか、後は電話で約束をとった方がいい。

手紙の場合は、顔がみえないだけに気をつけたい。相手の意向をうかがいたい時、返事のいる時には必ず返信用の葉書なり封筒なりを切手を張って出す事。こちらの依頼状だけで相手に迷惑をかけないように。電話で何かをお願いした場合にも、相手に封筒や切手、住所を書く面倒をかけないように。それが依頼した側の礼儀で、確実に返事をもらう方法でもある。こちらの誠意や礼儀をうたがわれることのないように。日常のくらしの中でも気をつけたいもの。

6　恥や口惜しさは自分のこやしになる

職場で叱られた時どうするか。思い出したくないだろうが勇気を持って、思い出してみる、恥ずかしいとか口惜しいといっている人は、見所がある。

注意していたのにミスをしてしまったそんな自分への口惜しさ、公（おおやけ）になってしまった恥ずかしさ。恥や、口惜しさは大切なもの。それがあるから私達は進歩する。

恥や口惜しさを大切に。忘れぬように二度とそんな思いをしないという意地を持って欲しい。あやまちは誰にでもある。二度と同じあやまちはくり返さない事、一度は仕方ないとして二度は自分自身に責任がある。甘えのなせるわざ。二度と同じあやまちはしないと自分に言いきかせる厳しさを持ちたい。

職場で気になるのは、一人のミスを女性全体のミスとみとめがちな事。一人のミスなら一人に言えばいい筈なのに、「だから女性は」と女性を十把一からげで注意する。私も勤めている頃、女を個人として認めていない証拠だと、何度腹をたてたかわからない。

本当にしまったと思った時には、叱られぶりをよくしたい。自分の非は非として認める。「でも」だの「だって」だのといいわけをする前に、「すみませんでした」といえる人でありたい。

女性を叱るのはむつかしいとよくいわれる。

ふくれっつらをするか、泣き出すか、あげくのはては、「やめさせていただきます」とくる。これでは、叱ることも出来ないし、責任ある仕事などまかせられないと思われる。

女性の側にも問題がある。ミスをしても何とも思わない、相手が悪いと人のせいにする人に進歩はない。恥と、口惜しさは私達が仕事をする原動力に転化出来る。私など口惜しがりのために今までやってこられたのだと思う。ミスをした口惜しさを人にむけるのでなく自分自身のこやしにして欲しい。

7 社内恋愛のマナーABC

会社の先輩にも、社内恋愛のカップルがある筈。人の振りみてわが振り直せ。自分がいやだと思うことはしないこと。

会社の男性に昼休みなどお茶に誘われたら断ることはない。ただしその人があなたと個人的につきあいたいと思っている場合は、要注意。その人に好意を持っているならいいが。

二人に恋愛感情が芽生えたら、それを大切にするためにも、社内ではできるだけ個人的な話はしないようにしたい。社内電話でデートの打合せをしたり、廊下で長々と話しこんだり、その人のそばにべったりいたりは見苦しい。恋愛はあくまでプライベートな時間に、他の人に迷惑をかけないように。会社では目が合ってもさり気なく個人的な会話は慎もう。長々とトイレでお化粧したり、同僚の女性に彼の相談を持ちかけるのも社内ではやめる。公私の別をきちんとした方がいい。二人の間が噂にのぼっても、好意を持ってみてもらえるだろう。公私の別をわきまえないようでは自分だけでなく、相手の評判をも落すことになる。

あなたが好意を持てない人から個人的な誘いを受けた場合はどうか。さりげなく断ること、十分に気を配りながらも自分にはその気がないことをはっきりさせること。会社で顔を合せる気まずさや、先輩への気づかいから断りにくいので、ついにえきらない態度になり勝ちだが、これが誤解のもとで、気があると思われても仕方ない。

その気がないなら、「友達と約束があるので」とか「つきあっている人がいますので」とさらりといった方がいい。ただし断る場合、決して相手の欠点をあげたり、嫌いだと言わぬこと、断る理由は相手でなく自分にあるとすることが礼儀。特に妻子ある先輩、上司の誘いには十分気をつけて、あいまいな態度をとらないように。

8　お金の貸し借りは人間づき合いの難題

人間関係で一番むづかしいのは、お金の貸し借り。それさえなければ仲良くつき合えたのに友達を失ったり、先輩や同僚との仲が気まずくなったりする。

原則としてお金の貸し借りはしないと決めよう。といっても先輩から、ほんのちょっと頼まれたり同僚の様子に同情する事もある。特に先輩の頼みは断りにくいもの。

自分にもあり余るお金があるわけでもない。出来れば、さらりと断ったらいい。「あら、ごめんなさい、私月給は母にみな渡してしまうんです。母ったらケチで毎日のおこづかいしかくれないんですヨ」とか、「この間旅行にいってスッテンテンなんです。今、必死でかえしている最中なんです」

嘘も方便、こんな時は、理由を明るくさわやかに言って断る。考え込んだり、モタモタと言いわけをしないこと……嘘だとバレてしまう。

余裕があって何とかしてあげたい場合は別だが、うっかり「すぐ返すから」という言葉に乗ると返してもらえない時には困る。よほどのことがない限り催促もはばかられるし、借りた方も負い目があってあなたの目を避ける。

勇気をふるって一度言ってみるべき。「私ちょっと旅をしたいので予算不足に悩んでます。あれがあると助かるんだけどな」「決算期がせまってますョ」とか、ユーモアをまじえて自ら答えやすいように水を向けてみてはいかが。

金銭関係はお互いキッチリ、サッパリしたいもの。借りたら必ず返す事。電話代や五千円札しかなくて電車賃を友人に借りた場合も同じ。少しのお金は困った場合はお互い様だが、必ずすぐ返そう。本や傘を借りた時も同じ。

このごろ、人のものを借りて返さない人が多い。忘れないうちにすぐ返す事。新宿の派出所のおまわりさんの話では、財布を落して電車賃を借りた人のほとんどが返さないという。

お金の貸借は、よほど信用できる相手以外、しないのがエチケットと言える。

9 「立つ鳥跡を濁さず」

「一身上の都合」が女性が辞める理由には一番多い。結婚の場合もあるだろうし、会社がイヤになった場合もある。

辞める時にはそれなりのエチケットが必要。「立つ鳥跡を濁さず」の精神で。

自分が辞める事によって人に迷惑をかけない配慮が大切。「辞めたい」意向を伝えてからすぐ辞めるのでなく、少なくとも三ヵ月か半年前にはいいたい。後任の引きつぎもあるだろうし、会社側としても希望があるだろうからよく相談して時期を選ぶようにしよう。

辞める時にはお世話になった人々にあいさつする事。上役同僚、後輩にも一人一人お礼をいいたいもの。

辞めたあと、出来るだけすみやかにあいさつ状を出す事が大切。印刷したものでもいいから心をこめて、ひとこと自筆で書き添えて……。そうして自分が勤めていた生活へのくぎりはきちんとつけておきたい。

借りたものは返し、自分の机はキチンと整理して次の人に迷惑がかからないようにしてほしい。

自分が辞めた会社へ、辞めてからも遊びにいける状態にしておきたい。いつでも遊びにいってみんなに歓待されるような辞め方をして欲しい。そのためには、「あいつは……」等と後ろ指をさされるような汚い辞め方をしない事。

「あなたにはいつまでもやめないでいてほしかった」といわれるようなつとめ方を常日頃からしておく。

一時の感情に溺れて、いやな事があるとすぐ「辞めます」というような女性は何をやっても同じ事で結婚してもうまくいく筈がない。人の迷惑を考えずひとりよがりにならないように。

最後に、もう一度、なぜ辞めるのかを考えてみて欲しい。どうしても辞めなければならないのかを……。仕事というのはどんな仕事でも最低三年か五年はやってみなければ分るものではない。ほんとうは十年といいたいのだが、無理ならば三年か五年と考えて欲しい。

人のためより自分のために気を遣って

人間関係への配慮はだれのためでもなく自分のため

転職は自分の可能性や世界を広げるためにするものである。会社を辞める際には細心の配慮が必要だ。人間関係に対するちょっとした心配りを怠ったばかりに辞めた会社の上司や同僚からの信頼感や友情を失ってはいけない。可能性を広げるどころか、世界を狭くしてしまうことになる。

私がNHKを辞めたときのこと。

恵まれた状況の中で退職できたとはいえない。私がNHKを辞めようと決意したときには、すでにマスコミが勝手な憶測だけで私の退職のことを書きたてていた。

私のほうから局に申し出るべきものが、順序が逆になってしまった。そのために退職の意思を表明するときには、神経を使って名誉回復を図(はか)った。

私は本来、事務的なことが苦手なタイプだがこのときだけは必死だった。お世話になったスタッフや上司にはすべて挨拶してまわった。転勤で全国にちらばっていた仲間たちにも、手紙を書いて礼を果たした。けじめをつけて辞めたい——。

なぜ〝けじめ〟にこだわったのか。私自身のためなのだ。

私は他人のために仕事をしようと思ったことはない。常に私自身のためにしてきた。辞めるときも同じ。私自身が気持よく何の後悔もないようにして辞めたかったのだ。それが私にとっての大切なけじめだった。

新しい会社でうまくやるにはガンコさも必要となる

キチンとけじめをつけて辞めたことによって何を得たかというと、私の人生にとってかけがえのない財産を得られた。財産とは今でもおつきあいしているNHK時代の人々。上司とか仕事仲間といった利害関係を離れたところでこそ本当のつきあいができる。

転職した先では、ガンコさが必要だ。新しい人間関係の中で仕事をしていくにはこのガンコさが大きくモノを言う。

もちろん入社したての頃は周囲に同化する姿勢も必要だが、それだけではだめだ。マイペースで仕事を自分のものにしてみせるだけのガンコさが必要だと思う。

女性はとかくまわりの反応を気にしがちなものだ。「こんなこと言ったら嫌われるんじゃないかしら」とか「へたに自己主張をすると反感をかうんじゃないかしら」とか。たしかに入社したてでまわりの様子がつかめないようなときにはそんな配慮も必要だが、いつまでたっても周囲に合せることばかりしていたのでは新しい職場で〝一人前〟にはなれない。

ある程度周囲の様子が見えてきたら、今度はまわりに自分を合せるのではなく、まわりを自分にとりこんでいくのではなくては。マイペースで仕事をできるようになってはじめて、仕事を自分のものにすることができるし、人間関係もお互いを一人の仕事人として認めあったところでうまく成り立っていくものなのだ。

5章

日本に生まれてよかった　百の美

旅先で着物と出会う一期一会の楽しみ

旅に出ると、着物が増える。私は旅先で、その土地の織物や染物を探して時間が許せば必ず寄ってみるからである。

昔ながらの縞や絣の木綿も入れれば、たいてい各地に織物があり、染めるための紺屋さんがある。今は少なくなってがっかりもするが、そうした店や織元を探して歩くのが楽しい。

気に入ったものがあれば、少々高くとも買う。高いといっても東京で買うのとはちがって半値くらいになることもある。旅先で持ち合わせがない場合は送ってもらい、着き次第、振込むことを約して帰る。

その場で気に入ったものがあれば購入し、なければ見本を見て、注文をする。手仕事だから半年から一年かかるものもあるが、出来上がってくるのが待ち遠しい。

秋田では秋田八丈、浜松ではざざんざ織、郡上では郡上紬に、沖縄の芭蕉布という風に一枚ずつ好きなものを買って仕立てる。現在も、益子の日下田さんの藍着尺と、盛岡の茜染めが送られてくるのを首を長くして待っている。

旅が多いので、好きな染めや織りを買って、それを眺めるたびに、その土地や、出会った人、織ってくれた、あるいは心を込めて染めてくれた人の顔や話を思い出す。それが楽しいのだ。同じものでも東京で買ったのでは縁が薄い。二度三度、訪れる土地では、二度三度と織元を訪ね、顔なじみになる。

そして着物に仕立てたものを箪笥にしまう。私の箪笥には、こうした思い出のある着物が何枚も眠っている。

「まあ、もったいない、着ればいいのに」といわれるが、箪笥のこやしのことが多い。それでいいとも思っている。

今の生活では、いつも着物を着て暮らすというわけにはいかない。旅も多く東京にいればいるで仕事に追いまくられ、気持にゆとりを持てない。いつの日か、着物を着て暮らせる日を夢みている。

ある時期から私はずっと着物だけで暮らそうと思っていた。地唄舞もそのためにはじめたし、浴衣ざらいにも出る。少しでも着物をきる機会をふやすために。

赤い爪にふしぎとススキが似合う美しさ

四季折々の行事を大切にする。彼岸にはマンジュシャゲ、冬至にはユズ湯、5月の節句にはショウブ湯、自然が失われていく中で、せめてそうした楽しみを持っていたい。

9月11日はお月見だった。空は澄んで文字通り中秋の名月。小机に、ススキ、ワレモコウなどを差した壺、だんご、きぬかつぎ、五目ずし、果物を並べて外に出した。仕事先でいただいた鈴虫とキリギリスが庭の虫たちに声を合わせる。日ごろバラバラに暮らしているわが家も、こんな日はできるだけ、早く帰るようにする。

近くの川原にもいまはススキはない。仕方がないので花屋さんに買いに行くと、おこづかいを手に握った子と、勤め帰りらしい女性が買っていた。

マニキュアをした赤い爪がススキの白い穂の間に見え隠れする。その爪が、そっとススキのつけ根をつまみ上げた。大事そうに胸にかかえると、足早にハイヒールの音を響かせて去った。

ひとり暮らしのアパートでお月見をするのだろうか。それとも恋人を招待したのかしら。

幼い妹や弟も一緒なのかナ。その赤い爪の女性がお月見をする場面をさまざまに想像してみた。花を手にした女性は美しい。それも高価で大きな花束や、お花のけいこ帰りだとわかる花ではない。自然の花、ススキでもいいし、オミナエシでもいい。雑草と思われているアカマンマなど最もふさわしい。

マニキュアをした手に野の花はふしぎによく似合うのだ。

男は着物の胸を愛さず襟元を愛す

「男は女性の胸を愛さず、襟元を愛する」。外人が日本人に感じるなぞの一つだという。

これは和服のえり元の美しさへの男性の関心を指すのだろうが、襟をぬいた長い首筋はキモノ姿のポイント。日本人の骨格は首が長くないそうだから「襟をぬく」のは、首を長くみせるための苦肉の策だったのかもしれない。最近はギスギスしたからだに、洋服の感覚でえりをつめ、細い半幅の帯を下目にしめる若い女性をみかけるが、やせた人がえりを合わせすぎるときゅうくつになり、反対に太った人は肉がよけい感じられる。

四角いものを丸く着るのがキモノ。襟元のゆとりを大切にしたい。首のつけ根にコブシを一つ置いたくらい長じゅばんの肩の線を背中にずらして着るのがコツ。首の両側でゆるめて前は深く合わせる。長じゅばんの襟を着物の襟より五ミリひっこめ、洗濯ばさみでとめておき、帯をしめてからはずすと、うまくおさまる。

真白な襟、真黒な首、真白な顔はおかしい。首も化け忘れないように、粉をはたいて首と顔の境目はぼかしておきたい。

方言は美しい言葉、その復権

三陸海岸を車を走らせていると、「吉里吉里（きりきり）」という町に着いた。駅の名も「吉里吉里」である。井上ひさしの「吉里吉里人」はここが舞台になって、吉里吉里国が独立をはかる話である。

そのなかに、国が方言を廃止し標準語を使わせようとするのに人びとが反発するくだりがある。なぜか、標準語がいい言葉で、方言はよくないという考え方がはびこっているようだ。なぜそうなってしまったのだろう。多分、国が標準語をゆきわたらせ、中央の指令をゆきわたらせるために考えられたことなのだろう。

私は方言くらい美しい言葉はないと思っている。その土地にしかない言葉、風土や自然、そのふんい気のなかから生まれ育った言葉は文化である。土地それぞれにあった特色のある言葉があり、文化がある。それなのに標準語なるものがさも一番よい言葉であるかのようにはびこり、方言が肩身をせまくする。

地方から東京に就職したり進学する人びとの劣等感の多くは、この言葉にある。なぜ方言がそんなにおとしめられなければならないのか。人間味にあふれ、素朴で心温まる言葉が、冷たいとりすました標準語の前に小さくなっている。

方言を大切にすることは、生まれ育ちを大切にすること。言葉をかえれば人間を大事にすることだ。

地方創生などといいながら、その実いっそう中央集権的な傾向ばかり目立つ。人びとのくらしを大事にするなら、まず身近な表現の手段である方言の復権をといいたい。方言革命を起こし、地方の放送局はアナウンサーはじめ純粋の方言を話すことを条件にしたい。

人を偲ぶのも大切な時間――岐阜提灯

東京のお盆は、七月である。関西や地方に行くと、月おくれの八月の事が多いが、お正月同様、現代の私達の生活にも、しっかりと根ざしている。

とくに、親しい人がなくなったときなど、改めて盆の行事を考える。八月に叔母が亡くなった。大腸ガンが肝臓に転移し、くるべきものがきたのだが、突然だっただけにショックだった。なにしろ、数日前見舞った時は普通に話が出来ていたのだ。

密葬から納骨まで身寄りが少ないので出来ることはした。今年は彼女の新盆、盆には亡くなった人々が帰ってくるといい伝えられている。

十三日の夜、おがらを焚いて迎え火をする。遠い国から無事辿りつくように、わらの馬や、茄子やらをそなえて待つ。灯は、ほのかな岐阜提灯がふさわしい。その名のように、岐阜特産で、岐阜市内を歩くと、何軒もの、昔ながらの提灯屋さんが目につく。

私も岐阜提灯が大好きだ。淡く涼し気な水色の地に、岐阜近辺の風物が描かれている。山、緑、長良川、鵜飼……私が求めたその図柄は、いつまで見ていてもあきない。ほどよいふくらみを、上下できりりとしめているのが黒ぬりの枠、菊の花などが金銀で描かれている。

私は、この岐阜提灯をずいぶん探し歩いた。上からぶら下げるもの、行燈の形をしたもの、古くからの柄や新柄さまざまだが、私の選ぶ基準は、もっともオーソドックスなものである、一番それらしいものを選ぶ。

「昔からある形で、図柄も古いものを下さい。」

という。店の主人は、私の好みに合いそうなものを、いくつかとり出してくる。なかなか気にいったものはない。なぜなら、この頃は新しい形や図柄が岐阜提灯でももてはやされているからだ。これは、と思うものがあっても、色が鮮やかすぎる。あまりにはっきりくっきりしすぎて趣きに欠ける。

「もっと古いものはありませんか?」

というと、店の主人は、けげんそうに私を見ながら

「そうなると使い古したものになりますけど……」

という。

大きな店は避けて、街角の最も古びた老舗に入る。目の前にぶら下った提灯の、褐せたような渋い色調がすっかり気にいった。

「これを下さい。」

というと、店の主人は、奥から同じものの新品を箱に入れてもってきた。つるしてみると新しすぎるのだ。鮮やかすぎて、馴れた感じがない。

「このぶら下っているのを分けて下さい。」

と無理やり見本を売ってもらった。

どうせ古くなる、色あせると分かっていても、あまり色鮮やかなのは、芝居の書割りのようで、おもしろくない。幽玄の気配の漂うものでないと、故人も面くらうだろう。

灰暗い土間にぶら下がる岐阜提灯……。ろうそくの灯りで、まわり燈ろうのように絵が浮き出す。

この灯に誘われて、亡き人々は、寸時をこの世に遊ぶ。岐阜提灯は夏の風物詩。すだれや縁台や昔からの日本の民具とはよりつり合いはするものの、結構洋風の家にも似合う。

我家では、リビングルームの一隅に、小さな仏壇を置き、その側に岐阜提灯をつるすのだが、それはそれでなかなか良い。わずかな風に揺れているのを見ながら、故人に見守られて食事をする、また楽しからずやだ。そんな折、姿は見えないが、そこに存在するかも知れない故人の話をみんなでする。祖父母や父や、生前、この食卓を囲んだ事のある人々の笑顔がよみがえる。それが何よりの供養ではなかろうか。

私達は、毎日の忙しさの中で、故人の事など忘れて過ごしている。一年に一度位、ゆっくりと故人を思い出してしのぶ日があってもいい。

お盆はそのために作られた行事であり、都会で働く人も、ふるさとに帰って先祖の墓にもうで、一年に一度供養する。なんとゆかしい行事だろうか。

私も忙しさにかまけて、毎年ろくにおまいりも出来なかったが、父や母の死を、機会に、盆の行事を大切にしていきたいと思う。それも出来るだけ、昔ながらのやり方で、故人がこの世にもどっても楽しい雰囲気をかもしだしておきたい。

そのためには、岐阜提灯は大切な小道具である。

たまたま岐阜を訪れた際、町をかけずりまわって探した岐阜提灯が、今年こそ役に立ちそうである。ろうそくの灯にまわる鵜舟の客の一人に叔母の顔が見えるかもしれない。のんべえだった叔父の声がきこえるかもしれない。

「香をきく」のは日本人の教養

散歩に出ると、花の香りがする。春はさまざまな花の香りの交響楽だ。道を横切っていく猫も、暖かな日射しに目を細め、枝に爪を立て、のびあがって花に頬をすりつけている。まるで花の香りを楽しむように……。私も一緒になって鼻を近づけ、花の匂いをかぎわけようとする。

こんなに優しく美しい自然を日本人は愛し、古くから日々の暮しの中に取り入れてきた。源氏物語の貴族達は、梅の枝を手折り、歌や文に思いのたけを託して結び、愛する典に送った。そして、月の夜、ひっそりと女の家を訪れる……。

几帳の陰で、女は男の訪れを知る。衣ずれの音、そして、衣に焚きしめた香りで、それが誰であるかを語る。源氏の君も、源氏の子薫大将も、その妙なる香りで、女達の心をまどわせた。香りは、快いものの一つ、男や女のみだしなみであった。

枕草子によれば、わざとらしい匂いは面白味に欠け、さりげなく風のように香るものこそ「いとおかし」と書かれている。

「香を焚き」「香をきく」事は、日本人のゆかしい知恵の一つであった。客をむかえる部屋に、それとなく香を焚きしめておく。そうした気配りが、主の奥ゆかしさを感じさせる。決して客がみえてから、その前で焚くのではない。人が見える前に焚きしめておくのだ。京都の旧家では、いまだにそうした風習が守られている。私の友人の父上が、その心意気をこう語って下さった。

「からだきといいまして、焚いてる所は人様には見せられません。それでなかったら、隣の部屋から香を送って、かすかに匂うよう気ィ使います」

優雅とはさりげなさのこと、自然さであるという。その友人の家に、ある正月お邪魔をした事があるが、あるかなきかのえもいわれぬ香りが、しんと冷えた畳の間に漂っていた。もちろん、春夏秋冬で香りも変る。初春には、「梅ケ香」という練香、そして季節季節に合った焚き物がある。日本人は、こうして掛じくから菓子、香にいたるまで季節感に溢れた暮しを楽しんでいたのだ。

季節感の少なくなった今日この頃、せめて暮しの中に、折にふれて自然をとりもどしたい。決して大それた事ではなく、香一つとってみてもその気になれば簡単に手に入り、楽しむ事が出来る。

京都には専門の香屋さんがいくつかあるが、東京や地方にも支店のある鳩居堂には、四季折々の香が整えられている。鳩居堂は明治十年から香づくりをしている老舗。昔は、三条の宮家だけに代々宮中の香りを調合するための秘伝が伝えられていたという。明治維新になって、民間で許されて鳩居堂がその任にあたる事になった。したがって、今だに専門の香合師がいて、門外不出の秘伝になっている。鳩居堂によれば、それは春夏秋冬、六種の焚きものに分かれているという。

香を焚くには香炉がいる。有田をはじめ様々な焼き物の香炉がある。最近では電子香炉やら、ストーブの側にさげられる簡便なものも出来ているが、昔ながらにタドンを火種にした方がやはり興がある。

かつて平安朝には、背の低い衣桁に衣をかけて、その下に香炉を置いて焚きしめたが、慌しい現代ではなかなかそうはいかない。香炉に焚く余裕がなければ、線香になったものを鳩居堂で売っている。その中から好みの香りを選ぶ。また匂い袋もいい。柱にさり気なくかけておいてもいいし、着物をしまうタンスの中にしのばせておくと、いい匂いがしみこんでいる。

日本人も最近は香水をよく使うようになったが、外国のまねをするよりも、日本には日本の香りの伝統がある。とくに着物を着る折など、香水ではそぐわない。やはり香や匂い袋の方が似つかわしい。

香水は、ヨーロッパ人が風呂に入らないところから、匂い消しとして発達した。バラの香り、ジャスミンの香り、くちなしの香りなど、様々な花の香も多い。香水のいかにもつけましたという強い匂いはかえって逆効果である……。満員電車の中などではかえってい い迷惑である。

香も同様に、平安朝の貴族が風呂に入らぬところから、匂い消しとして発達したのだが、今では香水におかぶを奪われ、ごく一部の人々の愛好にとどまっているのは残念だ。四季折々の花を愛で、月を愛で、その季節の香で興をそえる……そんな暮しをとりもどしたい。

京都では、香の愛好者が集まって、銀閣寺などで「香をきく会」をもよおしている。さまざまな香を人々がより集って楽しむ。そしてそれがなんの香かあてるというものだが、「香をきく」という言葉そのものからしてなんとも雅やかで、美しい表現である。

エプロンには女の歴史が刻まれている

十二月は、働き月。昔から一年のほこりを出すべく掃除をし、障子を張りかえ、神棚をきれいにする。こどもの頃、私の役目は、仏壇の器具をみがく事であった。ふだんはあまりした事のない前かけをキリリとしめ、あるいは、母のダブダブのかっぽう着を借りて、急に大人になった気分であった。

エプロンという一枚の布を体にまきつけるだけで、急にカイガイシく働く気分になるから不思議なものである。

真っ白のかっぽう着で、まな板をトントンとたたく姿は、いつまでも母のイメージである。最近は、刺しゅうや色柄も豊富になったので、逆に、真白ののりのきいたかっぽう着姿が新鮮である。

それに、かっぽう着は、袖もあり、体全体を包むように出来ているので、汚れにくいし、その上暖かい。冬物は、一枚かっぽう着を重ねただけで保温の役目をはたしてくれるから、重宝である。

刺子のものなどいっそう丈夫で暖かい。十文字に紺無地に刺したかっぽう着は、私の愛用品である。気のはらない結婚祝いにも喜ばれている。衿はV字型と四角とがあるが、どちらかというと四角の方が若々しい。

もう一つ、私の好きな日本古来のエプロンスタイルは、絣などで着物と共布で腰からの長エプロンを作っておく事、共布でなくとも同系色の藍ぞめなどの布地にしておくと、便利という前にイキで美しく、着物の膝が痛まない。同様に、酒屋さんの御主人がちょっと下めにしめた、紺地に屋号を染めぬいたものも、私の好きな前かけ姿の一つだ。最近は、洋酒も扱う関係上か、この前かけ姿がすっかりへってしまったのは淋しい事だ。

さて、最近では、エプロンは実用をはなれていっそうファッション化の傾向にある。エプロンドレスなどを始め、エプロンがついてはじめてサマになるという衣裳もあらわれて、エプロンは大きな装いのアクセントになってきた。

着るものに合わせて、エプロンもその都度変えて楽しむ。エプロンならば値段も安いし簡単に気分を変えられるし、自家製も楽しめる。

エプロンのTPOを考えれば、オシャレの範囲も広がる。掃除や洗濯、料理などの家事用、お買物などのお出かけ用、ホーム・パーティなどの遊び用、布地をかえ、デザインを違えて楽しむ。

布地もジーンズからレースまで、デザインも直線裁ちからオールフリルのものまで……。

一日を上手に区切り、気分をかえて暮すためにも、朝・昼・晩、あるいは時間割をきめてエプロンを変えてみてもよい。食事にしても、準備をするときと食べるときとでは気分をかえてみたい。エプロンを変える事で気分もかわり上手に生活出来るなら、こんなに楽しい事はない。

一日を区切る事から始めて、一週間の計画もたててみよう。月曜は働く日、火曜は買物、水曜はおけいこ、木曜は着物で、金曜はホーム・パーティという風に服装プランを立ててそれに合ったエプロンを考える。

便利なのは、良質の目のつんだタオル地のエプロンだ。派手な縞柄などで見た目もカラ・・・フルにし、タオル地だから、エプロンでそのまま水仕事のあと手も拭ける。冬ならタオル地というのは暖かく肌ざわりも良い。背中や胸の部分もおおうデザインならば、チョッキがわりになる。

エプロンには必ずポケットをつけておく。それも大き目で、アクセント・・・・・・になるようステッチをかけたり、アップリケをしたり……。その中に眼鏡を入れ、お手ふきをいれ、ちょっと入れる場所があると便利で、眼鏡はどこ？　マッチはどこ？　と探す必要もない。

考えてみれば、赤ちゃんのときから私達は、よだれかけというエプロンのお世話になってきた。そして、いたずら盛り、娘になり、母になり、エプロンはいわば女の歴史でもある。母のエプロンには、なにか楽しい夢がつまっているようで、こども達は、母のエプロンに顔を埋めて泣いたり笑ったり……、エプロンに秘めた歴史は繰り返す。

日本だけではない。欧米でもエプロンは女性の象徴……。

エプロンには、それぞれお国ぶりがある。ドイツのは頑丈だし、フランスのはリバーシブルなどセンスのいい色彩、ハンガリーなどは、ブラウス、ベスト、エプロンと刺しゅうがおそろいで手作りのもの。今でも、お祭りの際などに若い娘達が着る民族衣裳にも取入れられている。

エプロンは女の歴史でもあり、その国の歴史でもある。

お月見こそ風流を心得る第一歩

見あげる空に月が出ている。家路をいそぎながら、〃そうか今夜は満月だった〃と思いあたる。月を見るゆとりなど、都会では、すっかりなくしてしまっている。

バスを待ちながら、ビルの間に見えかくれする月を追い、夜更けの窓にかかる月をボンヤリながめるひととき……そんなゆとりを暮しの中にとりもどしたい。

日本には、古くから、お月見の風習がある。旧暦八月十五日と旧暦九月十三日の月を見る事を、正式には、月見という。今の暦では、だいたい九月中頃が仲秋の名月にあたる。

この頃は、一年中で一番月が澄んで美しいといわれる。秋の草花、虫の声が興をそえて、十五夜は良夜とよばれる。

お月見には、すすき、われもこうなどを、花びんに入れ、お団子、枝豆、さつま芋、柿、栗など、収穫したものを月に供える。もともとは、収穫のお祈りするための儀式だったと言われるが、その後、月下で、歌会や句会をひらく、風流な、自然を楽しむ宴になった。

私もこどもの頃、よく河原にすすきの穂を探しに出かけたものだ。夕暮れどき、家に帰りついてみると、三方に入れたおだんごや、ふかしたてのさつまいもが、ベランダに並んでいる。

やがて暗くなり、山の端に大きな月があがる頃、親しい友達を呼んで遊び、遊びつかれると、お月様に供えたお下りをいただくのが楽しみだった。

この月の光で、針に糸を通す事が出来ればお裁縫が上手になるといういい伝えがあると母が教えてくれたものだ。名月の夜にしぼったへちまの汁は、とりわけ肌にいいともいうが、化粧品の普及した現代では、へちまの汁をしぼる事を知っている人は少い。

名月や　池をめぐりて　夜もすがら

芭蕉の俳句をはじめ、自然を友とした日本の文学作品の中には、仲秋の名月を詠んだものが沢山出てくる。

とくに、名月を愛でるにふさわしい場所としては、滋賀県大津市の石山寺や、長野県更級の姥捨山がある。私も、姥捨山を訪れた事があるが、山の中腹で段々畠が続き、その小さな田の一枚一枚にそれぞれ月がうつるという。いわゆる田毎の月である。

東京近郊では、飯能の近くにある竹寺などが、月の名所として知られ、名月の夜には、寺に同好の士が集って宴をひらくという。なにも、名所で見る月がいいとは限らない。屋根裏部屋の破れ窓から見た月も風情がある。海の彼方に浮ぶ月もまた、素晴らしい。波のまにまに、にじんだ様な光が漂って、私達を誘っている。

今でも、仲秋の名月の翌日の新聞には、こうこうと照る月の写真が出るが、月の無い年も珍しくはない。折角楽しみにしていたのに、月の出ない夜は、口惜しい。そんな気持をこめて、昔の人々は、雲のために月の見えない夜を、「無月（むげつ）」と呼んだ。雨のために月が見えない時は「雨月」ともいったという。

名月のあと、月の出は日毎に遅くなる。名月の翌夜の月を十六夜（いざよい）、その次の十七夜を、立待月（たちまちづき）、十八日を居待月（いまちづき）、十九日を寝待月（ねまちづき）、三十日の月を更待月（ふけまちづき）という。いかに、昔の人々が、自然と共に暮し、月を愛していたかがうかがわれる。

折角、そうした風流な楽しみを持っていたのに、現代人は、忙しさの中に忘れ去ろうとしている。淋しいことだ。私達のまわりにはテレビを始め、人工的な娯楽が多すぎる。自分の五感をフルに活動させるより、与えられた娯楽で満足する。お月見ですら、テレビの画面の中でする方がいいという人がいるのには驚かされる。どうして窓をあけて、ほんとうの月をみようとしないのだろうか。

私は、昨年、エジプトのカイロに半年近く暮した。そこで、素晴らしいお月見を体験した。

エジプトには娯楽が少い。テレビもままならず、映画も新しいものはなかなかみられない。そんな中で暮している日本の人々は、日本ではした事もないお月見をする。仲秋の名月の日には、すすきは無いが、手製のお団子にさつまいもを市場で買って、せめてものカイロの月見を楽しむ。

ほとんど雨の降らない土地柄で、名月が見えないという事はまずない。広いベランダに椅子を持ち出し、日本人同志、あるいはアラブ人の友人を招いて、月の下で酒くみかわし、歓談する。

日本を遠く離れた砂漠の地カイロで、お月見が立派に生きている。

娯楽がなければ、私達は自ら楽しみを生み出し、自然を愛でる知恵を持つ。都会の暮しの中でも、あのカイロのお月見の様な宴をぜひ持ちたい。暮しの中に季節の匂いをとりこむゆとりが欲しい。

年賀状は一言心を書き添える

大晦日、遅くまでバタバタ働いて、年越しそばを食べて、一夜明けて、郵便受けをのぞくと、なごやかな日射しのなかに、年賀状の束がある……誰にとっても楽しみな事には違いない。

だが、沢山の年賀状をながめていると、折角出したのに、何のために出したのかしら、と思うものにもぶつかる。去年とそっくりそのまま、「謹賀新年」の印刷だけだったり、「おめでとうございます、ことしもどうぞよろしく」と型通りだったり……。

沢山の年賀状、自筆はしんどいけれど、せめて、ひとことでも、印刷の横につけ加えたい。印刷のものは、そのひとことが楽しみで読む。

どうしても刷ったものだけにするならば、自分なりのその年の感慨や、考えたことを、自分の言葉で表現したものにしたい。自作の俳句や短歌、詩でもよい。絵をかいたり、版画を作製したり、ともかく、自分なりにどこかに工夫をしたものにしたい。

お正月だから礼儀として、ともかく、出せばいいんだろう、出せば……、と感じられる、きまりきった、おざなりな年賀状なんか、出さないほうがましというものである。この物価高に、葉書代がもったいない。何でも出来あいのものを買うことに馴れ、あてがいぶちのもので生活する事に、何とも感じなくなってしまった。年賀状位、無精をしないで、手作りの味を楽しみたい。

あいさつ文を刷り、一家の名前をずらずらっと並べて、それをどこにでも通用させようというのは、いただけない。夫の年賀状は夫、妻のもの、子供のものと別々にして、一家そろって、新年の御あいさつと名前ばかりを並べたてないこと。年賀状位、家族に埋もらず、自分一人の年賀状を作って、友達や世話になった人に送りたい。

家族の名前をずらずら並べた年賀状は、どうも好きになれない。自分の名前だけで十分ではなかろうか、その方がずっと奥ゆかしい。家庭を売りものにするのはやめたい。御主人の上司や、二人で世話になった方に出したいなら、御主人の名を印刷した横にさり気なく、自分の名を書いた方がよほど気がきいている。こどもの事を書きたいなら、自筆で書き添えればいい。

家族一同、一枚の葉書ですますのは、経済的かも知れないが、こどもにとってはよくない。こどもも、お父さんの葉書ですます。自分の名が刷ってあるのだから、自分なりの年賀状を工夫しようとしない。いも版やゴム版など苦労して刷ったり、筆をもって何かを書こうという気にならない。こどもの独創の芽を摘む。こどもには、こどもだけの年賀状を、自分で考えて作らせたい。家族で出したいときは、印刷せずに寄せ書きをすれば良い。

昨年、私の所に、舞いこんだ年賀状に、こんなのがあった。富士山をバックに一家で撮った写真を刷って年賀状にしてある。凝ったつもりかもしれないが、押しつけがましくていや味だ。新婚旅行の写真を挨拶状に印刷したり、家庭円満をそんなにみせびらかす必要はなかろう。家庭を売り物にするのは、いや味なものだ。さり気なく神経を使って、その人らしい年賀状、一人一人で工夫してみたい。

出すなら、出来るだけ元日に着くように、早くつくる事が大切だ。年賀状は、新鮮さが生命、お屠蘇も入ってだらけてからでは効果がうすい。といって早過ぎて、年のうちに配達されては困るけれど……。もし、遅れてしまった、とても三が日中に着きそうもないと、思ったら、いっそ、年賀状は諦めて、寒中見舞いにしてはいかが。私は、年末忙しくて年賀状に凝っていられないので、お正月の間にゆっくり想をねって、寒中見舞いを出すことにしている。同じ様に、暑中見舞いではなく残暑見舞い……。その方が、数が少なくて、目立って、効果があることもある。さて、沢山届いた年賀状、目を通してそのあと、どうするだろうか。保存するか、捨てるか、保存するにしても毎年のものがたまると置場にも苦労する。そこで、私は、その年の年賀状の中からベスト12を選んで、カレンダーを作る。宛名の部分に紙を張り、暦を書き入れて、一年間、年賀状を楽しませて頂く。葉書のままおいたのでは、ほこりになるのが関の山……。頂いた年賀状の利用法も、自分なりに工夫してみたい。カレンダーで気がついた事をついでに一つ……。方々からもらったカレンダーを使う時は、○○銀行などという文字の所を切り落すと、いい。

『歳時記』は日本の美意識の宝庫

「お宅に1冊「歳時記」を……」

と私は、女の方の集まり等で話す毎に、出版社のセールスマンよろしくすすめる。すると、相手はとまどった表情で、

「わたしたち、俳句は作ったりしませんけど……」

と不審そうに言われる。

別に、俳句を作って下さいと言っているわけではない。ただ、「歳時記」を持って、たまに開いて下さいというだけだ。「歳時記」くらい、美しい言葉のつまった本を、私は知らない。小説も詩もそれぞれにゆかしく、選びぬかれた言葉が並んでいるが、四季を通じて季節感を盛りこんだ言葉の集大成が「歳時記」である。

季題とか季語と呼ばれる春夏秋冬の言葉、家事の手も省けた昼さがり、ごろっと、寝こ

ろがって、「歳時記」を開いてみよう。今頃の季節には、どんな言葉があるのかな……と。

たとえば、「冬」には、「風花（かざはな）」（晴れていながら風に乗ってひらひらと雪片が舞ってくること）とか、「帰り花」（冬のあたたかい日など草木が時ならぬ花を咲かせること）といった情緒のある言葉に出合う。

「山眠る」という言葉は、冬のいかにも静まりかえった山を想像させる。これが春になると、「山笑う」という。冬の間眠っていた山が、春になって一度に、草木が芽を出し、いかにも山全体がさんざめく様子が見事に表現されている。

生活に関する言葉も多い。「大根」「葱」「白菜」「蕪」も、冬の季語である。最近はいつでも、八百屋に並んでいて、季節感がないが、もともとは、こうした菜は冬のものであった事がわかる。

「山茶花」「八手の花」「茶の花」「石蕗（つわぶき）」なども、冬の花である事を教えられる。

「屏風」とか、「障子」という言葉も、冬の季語になっている。家具の一部だから、あまり季節と関係なさそうだが、冬の部屋で屏風のかげに、うづくまっていたい気持や、雪あかり等で、ひときわ明るい障子など、やはり冬の感じが出ている。

私達は、意外に、自然を見ている様で、見ていない。大都市では、たしかに、季節を感ずるよすがもないが、近くにあったとしても、気づいていない。

竹はいつ蒼々とし、いつ黄色く朽ちるかごぞんじだろうか。恥ずかしながら、私は知らなかった。たまたま「歳時記」をみていたら、秋の季語に、竹の春というのがあった。説明を読んでみると、竹は、秋蒼くなり、春黄色く朽ちると書いてある。従って、「竹の秋」は春、「竹の春」は秋、他の植物と逆なのだ。

それ以来、旅に出る毎、汽車の窓からみていると、竹は、確かに、冬から春にかけて黄色くなっている。秋になると、蒼々と美しい。

京都の嵯峨野は、竹の林の中に、念仏寺、祇王寺、滝口寺が点在する。竹の蒼さに染まりながら、小径を行くのがなんとも言えずいい。嵯峨野の秋という言葉も、竹の美しさからきたのやもしれぬ。

「歳事記」から自然を見る目を教えられる事は多い。ひととき、日常のあわただしさを忘れて、清らかな気分に遊ぶ。「歳事記」を見ているだけで、旅をした気分になる。はなはだ安あがりな旅である。

私が「歳事記」を時折ながめ始めたのも、もとはといえば、誘われて、月に1回、俳句の会に出かける様になって以来である。

永六輔さん、小沢昭一さん、渥美清さん、黒柳徹子さん、岸田今日子さん、中山千夏さんといった、20人位の集まりだった。名前を伏せて、その場で作った句の中から好きなものを選ぶ。天・地・人・客と自分の選んだ人には、それぞれ持ち寄った賞品を渡す。俳句を作る事も楽しいが、賞品も楽しみで、仕事のいそがしい人が、皆、やりくりして集まる。それだけ、言葉の持つ美しさ、楽しさに、ひかれての事だろう。

私達の生活は、段々干からびてくる。自分でうるおいを持たせるためにも、「歳時記」を1冊お持ちになってはいかがだろう。

ついでの事ながら、各出版社から出ているけれど、私は、山本健吉氏の編になる「新俳句歳時記」を愛用している。

たとえば、新年の部に、「ひめ始」などという語があり、これは、年が改まって初めての男女の交合の事など、という註がある。

ほこ長し、天が下照る姫はじめ　望一
ひめ始八重垣つくる深雪かな　龍雨
埋火にあるほとぼりやひめ始　草太郎

という、艶な句があり、ひとりで頬赤らめたりなんていうのも、いいではないか。

言葉を知る事は、自分自身を豊かにすること、「歳事記」をひらいて憶えた言葉を、こっそり、パートナーに教えてあげてもいいだろう。日本語というのは、こよなく美しい言葉だ。その言葉を知る事は、日本の美しさを知る事でもあるのだ。

冠婚葬祭を愛するのが日本人の美意識

楽しむとは本当に好きなものだけを選ぶ心

かつて藍木綿の筒描き展を六本木にある『暮らしの手帖』社別館で開いた時のこと、江戸から昭和初期ぐらいまでの祝布団、暖簾（のれん）、大風呂敷など、私の蒐集品を展示した。封建時代、庶民に許された木綿と麻の布に藍と白を使って、さまざまな絵をかく。祝い事の時のみ朱や他の色も許されて紺屋（染屋）は一世一代の腕をふるった。

鳳凰、鶴亀、松竹梅、牡丹に唐獅子などおめでたい柄を注文主も、紺屋の職人も、心をこめてハレの日を祝おうとした。一生のうちや一年のうちでハレの日は、日常とははっきり区別された日であった。冠婚葬祭、葬は別としても、流れ去って行く日々にメリハリをつけ、楽しさを演出するすべを人々は知っていた。

そうした歴史を受け継ぎながら、私たちは、母や祖母や先祖のつくったものを捨て新しいものばかり追ってこなかったか。折角ハレの日を飾った藍布も、ボロ切れと化し捨てられ、同時に私たちの暮らしも、メリハリのない、のっぺらぼうなものになってきた。筒描きにしても、日本人が捨てようとしたものを、戦後日本にやって来た欧米人が、その美しさに気付きタピストリーなどに使ったのがきっかけで値がつき、今ではほとんど手に入らない。

あんなにハレの日の演出が見事だった日本人はどこへ行ったのか。私自身若い頃は、紋を染めぬいた油箪（ゆたん）などを「汚いから捨てれば…」などと母に言っていたのである。日本のものの素朴な良さ、シンプルな美しさに気付いたのは三十を過ぎてからである。年を重ねるごとに加速度をつけ、失ったものを使って、もう一度、年中行事や冠婚葬祭を演出してみたいと思うようになった。

もともと日本の家は、紙や木を使い、全て自然素材で出来ていた。障子を通した微妙な陰影、衣がえのみならず、家も夏と冬とでは、すだれや衝立（ついたて）などで趣を変えた。

花見、月見、紅葉狩、雪見…自然を賞（め）でて、酒くみかわす宴も、日本ならではの演出である。

正月ともなれば、年末からもちつき、年越そば、除夜の鐘、初もうで…と行事は目白押し、そのどれもが意味をもち、生活を楽しむ知恵に満ちたものなのだ。

ふだんは、さりげなく簡素に暮らしたいと思っている私だが、古人が伝えてくれた年中行事は、できる限り行うようにしている。菖蒲湯、柚子湯はもちろん、花見、月見、雪見など、その季節には酒を共に楽しむ。同じパーティをやるにも、中秋の名月の日に、屋形船で東京湾へくり出すなど、演出を凝らす。もちろん船にはすすきやわれもこう、秋の七草、おだんごを供える。東京で珍しく雪が降ったら、白一色の景色を見ながら句会を開く。東京ではあまりありがたくない雪も風情のあるものになる。

ハレの日を自分でつくり出す楽しみ

めんどうがらずに、生活を楽しもうとする心が大切なのだ。古人はその智恵を持っていた。娯楽の少ない時代だからこそ、楽しみを冠婚葬祭、年中行事の名を借りてつくり出したのだ。今のように、どの家もがテレビを見る受身の楽しみではなく、自分で工夫してつくり出す楽しみを知っていた。

結婚式にしても、ホテルや式場で行うのではなく近隣の氏神様で式を挙げ、自分の家で手づくりの披露宴。地方や家ごとに特色があった。私の母の里は新潟県の上越で雪深い所なので、娯楽も少なく母の結婚の披露は地主だった事もあって八日に及んだという。祖母は、馬に乗ってお披露目をしたというし、祖母や母の着た何枚もの打ち掛けは、その後私の振袖に変わった。今ではつくれない手の込んだものである。

冠婚葬祭に金をかけ、パターン通りにやる事には、反対であるが、自分の知恵を生かして楽しむのは大賛成である。

最近では、日本でもクリスマスやバレンタイン・デー、新たにハロウィーンの方が巾をきかしているが、やはり、正月や立春の方がぴったりくるし、人々の思いが込められている。ひと頃、我家でも正月を楽しむ工夫をしなくなったが、最近はふたたび、正月を自分のものとしてとりもどす工夫をしている。

年末のうちに、正月の飾りつけをする。しめ飾りやお供えだけではない。これも私の蒐めている古い金糸銀糸を使ったふくさを玄関の正面にかける。家にあるもので、おめでたい感じのものを利用すればいい。銀や黒うるしなどの花びんに花を生ける。とっくりを利用してもいい。

おとその道具や、重箱は、家紋入りのものなどあるが、毎年同じものにせず、朱塗りの大盆の上に、白一色の清水焼のきゅうすにおとそを入れ、同じ白の盃に注ぐ。ちょっと淋しいと思ったら、奈良で買った五匹の小さな色ちがいの神鹿をのせる。

先日、中国で買ってきた十二支の手づくりの飾りも今年は使えそうなどと考えると楽しくて仕方ない。お金をかける必要はない。あるものを総動員して、自分のセンスで飾る。母や祖母の打ち掛けだった、私の振袖も、衣桁(いこう)にかけるとまるで平安時代の几帳(きちょう)のようで、正月らしい華やかさを添える。

そして私も連れあいも、正月は着物を着る。晴着でなくとも、着物を着ておとそを祝うだけで、新しい年という気分になる。大みそかの夜、十二時にマンションの窓をあけて、晴海埠頭に停泊する船の汽笛を聞いて、心改まる。

我家の正月三が日

おとそとおぞう煮を祝ったあと、一日は初もうで、車で十分ほどの増上寺へ。その後、我家の氏神、諏訪神社へ参拝する。初もうでのはしごは、神仏混交というところがいかにも日本的である。

お札やお守りはもちろん買う。古いものを燃やしてもらい、新しいものに変える。諏訪神社は小さいので、近くの商店会の男たちが集って獅子舞をする。「トコトコトン……」という素朴な響きがなつかしい。

百歳で亡くなった義母の生前には、二日に必ず年賀に行った。私の父母はすでに亡くなり、義母のみ健在。形式的な上司への年賀など必要ないが、この機会に、兄妹がそろって義母を訪ね、食事を共にすることは意味がある。

私の子供の頃は、正月というと軍人だった父の部下が次々と訪れ、宴会ばかりで家族で楽しむひまなどなかった。ふだんは疎遠でも正月だけは年寄りを中心に集まる。そして三日は、私の実家があった近くの世田谷の等々力不動へ。母の元気だった頃、必ずおまいりに来ていた場所で、いつも母が話をしていた女性が、茶飲所にいて、亡き母の話などして帰ってきた。

これが我家の三が日、正月はできる限り我家で。海外やホテルで過ごすことはしない。我家にいればこそ、さまざまな演出を試みることにもなる。

年賀状を、私は出さない。年末に書いている暇がないからだ。この頃はどこの新聞や出版社も正月は休むから、年末のうちに原稿を一ヵ月分多く書かねばならない。その大忙しの時期に、年賀状を落ち着いて書くことなど出来ない。もともと年賀状は、年賀だから年が明けてからで、年末では、感じが出ない。そこで年賀状は一切出すのはやめて、寒見舞いにした。これなら年があけて、その気分で書くことが出来る。その年につくった俳句を一句。必ず、ひとこと添える。印刷だけのものは味気ない。友人知人も、私は寒見舞いの人だとわかってくれている。年賀状をいただくのは大歓迎。虫のいいこと……。

正月を楽しむことから一年が始まる

子供の頃は、正月の遊びもいろいろあった。百人一首。意味がわからずとも、丸暗記で日本の古い文化である和歌に親しみ、憶える機会があった。私が好きだったのは「坊主めくり」。百人一首を詠んだ人の中には、坊さんが多い。それを使った遊びだった。

双六をすると東海道五十三次の地名を憶えた。よく考えられた遊びだったと思う。今のように大みそかの紅白歌合戦から正月三が日のお笑いやタレント総出演のバカげた番組を見るのではなく、その土地独自の年末や正月があった。

ある年の暮れ、各地の祭りを紹介するために鹿児島県は東支那海に浮ぶ、甑島(こしき)。一番奥にある手打という港へ取材に行った時のこと。「年どん」という行事があり、手づくりの鬼の面をかぶった地元の中学生が、各家をまわって小さな子供をおどして歩く。「言うこときくか」といって最後に紅白の餅をおいていく。子供のまわりに集まって一家中大はしゃぎ。隣の部屋で紅白歌合戦をやっていても誰も見ない。祭事も面白ければ、人は集まるのだ。現代の私たちも、テレビに馴らされ、与えられるものだけでは物足りなくなっている。自分が参加し、行動出来る楽しみを人々は求めはじめている。日常のなかで祭りを探しているのだ。

若い頃は、何か面白いことはないかと、外へ外へと目が向いていた。年を経て、最近はほんとうに自分の好きなものだけを選択して楽しもうとする。あれもこれもやっている暇はもうない。限られた時間を精いっぱい生きるしかない。

時間の感覚も変わって来た。若い頃は一日が長かった。早く日が経てばいいと思うことも多く、盆も正月も生活の区切りなどなくてもいいと思ったものだ。

今はちがう。時間は、頭の上を飛んでゆく。一年などあっという間だ。だからこそ時間を大切にしたい。一日一日を、そして一刻一刻をいとおしみたい。そのための演出を自分でしてやること。人まねではなく、自分の時間のための自分ならではの工夫をして過ごしたいと思うのだ。

晴れ着は新調より古着の良さを伝えたい

七五三は、こどもの成長を祝うための儀式だったのだが、今では、親がこどもの晴れ着を作ってやる日になってしまったようだ。

女の子の場合なら、着物、帯、ぞうり、はこせこ、などとても若い親だけではそろえきれない。そこで里のおじいちゃん、おばあちゃんまで動員し、分担をきめて買いととのえる家庭が多いようだ。

何も新調だけがいいとは限らない。捨てる生活になれてしまった私たちだが、昔のいいものは大切にしたい。

例えば、少しぐらい色あせていても、お母さんの使った「はこせこ」をこどもに持たせるとか、おばあさんから伝わったものを子が、孫がと使っても良い。その方が思い出に残る品になる。親から子へと伝えるものがなくなってしまった最近、何かひとつでいい、自分の使ったものをこどもに持たせてやりたい。若いころの晴れ着や帯を利用して風呂敷やハンドバッグなど小物に作りかえてもいい。

母がお嫁にくるときに、かんざしに使ったというべっこうの飾りをもらった。松の細工の部分は帯留めに、鳥の形をしたものはしゃれたブローチになった。店で買って来たものより思い出もあり、愛着もある。自然に大切に扱う。物を大切にする心もそんな所から生まれるのではなかろうか。

心に届くものをどう贈るか

「贈り物は心の媒体である」

いかにもカッコいい言葉である。しかしこれほどわかりにくい言葉もない。私たちは日常茶飯事に、「心のこもった贈り物」「物を贈るのではなくて心を贈る」などというけれど、その本体である心というものはいったいどんなものかといわれると困ってしまう。その心がまた、風の中の羽根のようにまったく気まぐれでとらえどころがない。いっそのこと「心を贈る」などというめんどうなことをやめて「物を贈る」のだと割り切りたいと思うがそうもいかない。

日本人は年がら年じゅう、人の家に手ぶらでいってはいけないとか、物を持ち歩く癖(くせ)がついているようだが、必ずそこには心という理由をつけずにはいられない。物と心をいっしょくたにしないで、区別してみてはどうだろう。「物は物」「心は心」と。

心を贈りたい場合は言葉だとか、物以外のもので表現してみてはどうだろう。「お心だけはありがたくちょうだいいたします。」といって、一応いただき物を返すマネをしてみる、などというそらぞらしさはなくなるはずだ。

おこころざしだけで結構です

言葉というのは重宝なようでいてやっかいなものだ。人にものを贈るときは、「ほんのつまらないものでございますが……」などと言いながら、高価なものを差しだす。受け取るほうも「ほんとうに、おこころざしだけで結構でございます。」と言いながら、内心いったい何を贈られたのだろうと、そわそわ落ち着かない。

表向きはあくまでも礼儀とされた言葉をくずさずに応対する。これでは狐と狸の化かしあいで、もう少しすなおに贈る喜び、贈られる喜びを表現できないものだろうか。

おこころざしだけで結構でございますと言われたのを真にうけて、持って来たものを持って帰ったらどうだろう。まあなんとあの人は礼儀しらず、常識のない人だろうといわれる。

言葉だけの贈り物に徹底したいなら、言葉だけで粋に遊んだほうがいい。

お歳暮は庶民文化のたまもの

十二月の二十日から二十八日の間、文字どおり年の暮れである。正月をひかえて、もともとは食品を贈るのがならわしだった。ことに塩ザケ、塩ブリ、タラ、するめなどの魚類が多く使われた。保存のきくもので、正月の間ゆっくり骨休めをするために役立つものばかりだ。

北九州の小倉区などでは「めざし百尾をつかう」をならわしにして、金銭を贈るにも「百匹」と書く習慣が残っている。歳暮や中元に魚類が贈られたのは、仏教が凶札の際に精進を要求して、なまぐさ物を排除したので、逆に海産物には、精進の拘束を解く力があると考えたもののようだ。庶民の生活の知恵のたまものだ。

兵庫県の一部に残っているように、親元から子方へは、日ごろの労をねぎらう意味で歳暮を贈るけれど、子方からは何の贈り物もしないという例もある。こんな合理的な精神だけが残っていれば良かったと思う。

しかし多くは親、親方、里の親、仲人など目上の者へまず贈って、目上の者からお返しをするのが一般の例になっている。

古くは、祖先のたま祭とは別に、生きている親の健康を祝福するために、もちや魚類をたずさえていったことから始まったようで、今も「親の膳」などといって、正月や盆に魚をそえた膳を親元へ持参する習慣ののこっている所もある。

お歳暮にもそういった由来があるが、それを心得て、しきたりにとらわれず、気のきいた何気ない贈り物をしたいものである。

贈りものは想像でもあり、それは創造につながる。その人が何を贈るかいうことは、贈る相手を思い浮かべて一体どんなイメージを抱くことができるかである。石鹸、タオルなどという従来の贈物の範囲にとらわれず想像の翼をひろげることのできる人が、贈り物上手な人といえよう。

家事の分担は人をつくる

正月にはさまざまな昔の知恵が生きている。三が日はお料理も作らず、保存食であるおセチ料理。元旦は掃除をしてもいけない。

こういう風習は、みなお正月は休むものといった所からきているのだろう。特に主婦にとっては骨休めのシーズン。主婦業というエンドレスの仕事をおおっぴらに休める時を作ったのだろう。

小正月というのも、十五日過ぎに、女が休めるようにという配慮である。女正月ともいって、その時期は女は遊び、家のことは何もしなくてよかった。

そうした風習もなくなったが、私は正月をみんなが家事をするきっかけにしたらと提案したい。

子供と夫に料理を作らせてみる。庭の掃除、家の中の掃除を分担させる。家事というのは意外に楽しい事なのだというのを味わわせたい。献立から買物から、料理すべてまかせたら、夫も子供もキャンプにでもいった積りで喜々として働くかもしれない。多少予算はオーバーしても目をつむろう。

子供に家事を分担させるのは立派な教育である。自分で自分の事が出来る人間を作る。夫も同様で、興味をもちそうな家事から分担させると、老後のためになる。

女が男より長生きなのは、家事をしているからだ。定年になっても体を動かして家の中でする事があれば男も老けこまない。

さあ、今年の正月から、家の中の仕事にみんなの目をむけて何か一つやってみよう。

花見は袖摺り合う酒がうれしい

花見のシーズンである。普通花見というと桜の花を見る事と解釈される。古来、日本で「花」といえば桜であった。平安朝の歌人西行は、「願わくは　花の下（もと）にて春死なん　その如月の望月（もちづき）のころ」という歌をのこし、まさに桜の満開のころに亡くなった。

今では、花見は桜に限らず、つつじや藤など、あらゆる花にひろがっている。花の名所には人々が集り、おべんとうをひろげる。おにぎりあり、かごに入ったものあり、中でも最も日本らしいのがお重である。今でも熊本地方では行楽はお重であり、いつだったか、阿蘇を見はるかす峠で、若い二人づれがひろげていたのが、見事な三段のお重で驚いたことがあった。

自分の作ったお弁当を自分が食べるのではなく、一緒に出かけた友達や知人と分かちあうのが楽しみである。花見の時は、隣のゴザの人と酒を汲みかわしたり、一緒に歌をうたったり、それが楽しい。こんな時は、垣根をとっぽらって、知らない人ともみんなで交流する。

私が半年住んだエジプトでは、食物は神からの頂だいもの、食事時に訪れた人には誰彼れなく振舞うのが習慣になっていて、私も路上でゴザをひろげた人々から御馳走になった。

美しい花や自然の前ではみな平等、今年の花見は、偶然隣りあった人々と食物を、心を分かち合う日にしてみてはどうだろう。

京の家の簡素美に感じ入る

京都の夏は暑い。じっとりと湿気を含んだ風が、そよとも動かない。

京都では、出来るだけ車に乗らず、歩くことにしている私は、ホテルを出て、もやった空気の中を汗ばみながら歩く。関西に住んでいる友人が案内役なので道に迷う心配もない。

大通りを折れて、川の流れに沿っていくと両側に柳が枝を垂れ、浅い流れに影を落している。京都の良さは、こうした街中を流れる小さな川の美しさである。水は濁りもなく匂いもない。底をみせてさらりと流れるだけだが、いかにも涼やかである。

川の両側には、手描き友禅の店や仏壇屋さん、しもた屋風の家などが軒を接しているがちっとも暑そうではない。家の前の川沿いには、びっしりと草花を植えた鉢やら木の箱が並んで朝顔、てっせんなど日本の花が咲いている。東京の下町などでもよく見られる風景だが、庭がないので、家の前にこうやって草花を作る。庶民の心意気だ。

なんとも涼やかなのだ。

狭い格子戸があいている家があった。奥に向って細い道が続き、敷石に打水があり、微かに風が立っている。

暑いからこそ、京都の人々は、暑さをしのぐ知恵を暮しの中に見つけた。窓を大きくとっても風は入らないのだから、細い桟で外界との間を仕切った方が外の熱気は入ってこない。うす暗く、沈まった室内に、さまざまな工夫をこらす。

裏手に川の流れる家は、川ぎりぎりに建てられ、二階にはすだれがかかっている。茶屋街は見事にこのすだれが揃って、見た目の涼感をそそる。

「枕の下を川が流れる」といったのは、吉井勇だった。せせらぎの音、すだれを通してくる川風、そうした風景を眺めているだけで、暑さなど忘れているのに気がついた。

三十分も歩いたのだから、汗がふき出してもいいはずだが、先刻の汗までひっこんでしまった感じだ。暑さとは心理的なものであるということなのだ。

川の音、打水、すだれ、草花、そうしたものを見たり、聞いたりするだけで、涼しくなることが出来ることを身をもって知ることが出来た。

京の文化とはそうしたものだ。京に代表される日本文化とは、実に繊細に、心理的な微妙なものなのだ。暑いから冷せばいいなどという単純なものではない。

高瀬川に出て、四条駅を通りこし、細い路地の裏にある、懐石料理の店に入った。小さいが味の良さでは誇れると、案内の友人が言う。

石だたみを歩いて靴をぬぎ狭い階段をのぼると、小座敷がある。その部屋には、木の欄干がついて、しもた屋の二階の窓風になっている。どこからか風が来るように思える。畳の上の座布団は麻である。本麻の感覚がさっぱりと肌に触れて心地良い。麻の生の色と感触、そして食物に合せて出てくる食器の一つ一つの涼やかさ……。

よくぞ日本に生まれけると、感じるひとときだ。細やかで、神経のゆきとどいた、涼しさを演出する、日本人の美的感覚というのは素晴らしいと改めて感じ入る。

私達はそうした繊細さを失って、暑ければ冷房、寒ければ暖房と、かつての知恵をなくそうとしている。悲しいことだ。

日本の家の簡素さ、庭にしても石だけ、苔だけ、竹だけといった、単純な美しさは、やはり暑さをさける一つの知恵だったのかもしれない。ごたごたと暑くるしいものをとり去って、出来るだけ簡素に涼やかに暮す、住まいのすみずみにまで行きとどいた神経をもう一度私達の中にとりもどすことは、不可能なのだろうか。

本書は、著者が長年いろいろな雑誌、新聞等に書き綴った文章をまとめ、大幅にこの刊行にあたって加筆修正して再編集したものです。また、『好きなもの歳時記』（1980年）（弥生叢書〈8〉・国鉄厚生事業協会刊行）より「岐阜提灯」「香をきく」「エプロン」「お月見」「歳時記」の5篇を併せて収録しています。

〈著者紹介〉

下重暁子（しもじゅう あきこ）

早稲田大学教育学部国語国文学科卒業後、NHK に入局。女性トップアナウンサーとして活躍後、フリーとなり、民放キャスターを経た後、文筆活動に入る。ジャンルはエッセイ、評論、ノンフィクション、小説と多岐にわたる。財団法人 JKA（旧日本自転車振興会）会長等を歴任。現在、日本ペンクラブ副会長、日本旅行作家協会会長。主な著書に『鋼の女―最後の瞽女・小林ハル』（集英社文庫）、『この一句―108 人の俳人たち』（大和書房）、『持たない暮らし』（中経出版）、『群れない 媚びない こうやって生きてきた』黒田夏子氏との共著（海竜社）『最後はひとり』（ＰＨＰ研究所）など多数。

ちょっと気のきいた大人のたしなみ

2015年2月6日　第1刷発行

著　者　下重暁子

発行者　尾嶋四朗

発行所　株式会社 青萠堂

〒162-0808　東京都新宿区天神町13番地
Tel 03-3260-3016
Fax 03-3260-3295

印刷／製本　中央精版印刷株式会社

ISBN978-4-921192-96-9 C0095